PARIS

A L'ENVERS

IMPRIMERIE SIMON RAÇON ET Cie, RUE D'ERFURTH, 1.

PARIS

A L'ENVERS

PAR

LE COMTE DE VILLEDEUIL

PARIS
LIBRAIRIE NOUVELLE
BOULEVARD DES ITALIENS, 15, EN FACE DE LA MAISON DORÉE

1857

NOTA BENE

Il y a de cela plusieurs mois, j'étais allé à Portsmouth. Je logeais chez mon excellent et digne ami, Willams Smith, directeur de la poste.

Un matin, pendant le déjeuner, Willams Smith me dit d'un air mystérieux : « J'aurais à vous parler. »

Si bien que je passai dans son cabinet.

Willams s'assit sur un fauteuil de cuir vert, mit ses lunettes, et commença sa confidence en ces termes :

— Étant donnée une lettre que vous ne pourriez faire parvenir à son destinataire, vous feriez-vous scrupule de la garder? Je l'avoue, je suis curieux.

— Eh ! vraiment, non, répondis-je.

— En votre âme et conscience? continua Willams.

— A moins, repris-je, que ce ne fût une lettre d'amour, auquel cas je ferais tous les efforts possibles pour la faire parvenir.

— Ce n'est pas une lettre d'amour.

— Eh bien, gardez-la !

— Mais je suis directeur de la poste.

— A plus forte raison.

Willams sourit de ma morale facile.

— Vous voilà bien, vous autres Français ! soupira-t-il.

— Allons, ne gémissez pas sur Babylone, et voyons cette lettre.

Willams prit un trousseau de clefs, ouvrit le grand tiroir de son bureau, pressa le ressort de droite, et retira en tremblant une lettre. L'adresse était ainsi conçue :

Le Prince Hikar,

à Semler;

Victorie.

—C'est pour la Victorie, dit Willams; nous

n'avons pas encore de service organisé, ajouta-t-il, — visiblement humilié de ce que la chose britannique pouvait une fois être prise en défaut; — mais il le sera dans peu, et alors je les enverrai toutes à la fois, s'il en vient d'autres.

Et moi, je tenais la lettre dans mes mains, et je la tournais et la retournais.

La Victorie, comme chacun sait, est cette grande région australienne découverte vers le mois d'avril dernier par le commodore Mac-Schul, et appelée Victorie, du nom de la reine Victoria. Qui est-ce qui pouvait bien écrire au prince Nikar, qui, d'après les renseignements pris par Willams à l'amirauté, était un des roitelets du pays? Était-ce un tailleur qui lui proposait à prix réduit, payable comptant sans escompte, la défroque d'une cour quelconque? Était-ce un élève de l'école polytechnique qui lui venait offrir le secours de son bras et de son bon sens, de son courage hypothétique et de sa science éprouvée? Un ingénieur qui lui proposait un chemin de fer? Un coiffeur qui lui demandait sa pratique? N'était-ce pas bien plutôt une baronne de Daumant, qui lui offrait d'être la gouvernante de ses plaisirs? Ou une Octavie Lasserre qui lui offrait de faire elle-même ses plaisirs?

— Willams, dis-je, aiguillonné par la curiosité, puisque vous gardez cette lettre, il faut l'ouvrir.

— Vous croyez?

— C'est votre devoir.

— Faites, répondit-il; et il se remit au travail.

Je profitai de la permission. Cette lettre était adressée au prince Nikar par son frère le prince Hennoneh, qui, conduit en Angleterre par le commodore Mac-Schul, était allé compléter son excursion par un voyage en France. La lettre était assez curieuse pour que je ne regrettasse point ma curiosité. Le prince Hennoneh confessait à son frère l'intimité de ses impressions.

— Willams, dis-je, vous devriez me donner cette lettre.

— Soit, reprit-il.

— Voulez-vous la lire?

— Non, vraiment.

— S'il y en a d'autres, vous me les passerez.

— Jusqu'à ce que le service soit organisé,

4

je vous les enverrai ; au moins elles ne resteront pas là ; elles seront envoyées à quelqu'un... Vous me débarrasserez d'un grand poids.

Je serrai avec effusion la main de Willams.

Il y eut d'autres lettres ; ce sont elles que je publie aujourd'hui, après leur avoir fait, je dois le dire, subir quelques mutilations, car le sauvage s'exprimait quelquefois avec une vivacité qui n'était pas de bon goût. Ces sortes de gens ne comprennent pas toujours la raison des choses : ils prennent pour vice de notre admirable société tout ce qui n'est que vice de leur entendement. Et, quoique simple éditeur du prince barbare, je professe pour les choses et les hommes de ce bas monde une estime trop sentie, pour laisser passer le moindre mot qui pourrait ressembler, non pas à un blâme, mais à un simple doute.

Je sais bien que l'on pou ra me dire : « Vous auriez mieux fait de réduire à rien les arguments captieux de ce malencontreux mécontent. Supprimer n'est pas résoudre. »

En ceci, monsieur, je me suis conformé à l'exemple de plusieurs grands médecins, qui appellent cette méthode empirique : couper le mal dans sa racine.

Quand un dentiste vous arrache une dent, vous ne lui en donnez pas moins le salaire auquel il a droit, pour avoir rempli dans votre bouche l'office de Borrigel ; et cependant arracher une dent, c'est supprimer la cause du mal, mais ce n'est pas guérir.

Ma manière de répondre a ceci de bon, qu'elle est concluante et toujours victorieuse.

Il en est des arguments comme des avocats : mauvaise institution, inutile secours.

Quand on vous fait un procès, mieux vaut ne pas répondre : le silence rapporte l'économie du salaire toujours exagéré du jurisconsulte. Les avocats sont comme les épées trop longues : très-bons pour l'attaque, ils sont inutiles pour la défense.

La bave tache, mais elle ne détache pas.

Vendoire, le 15 mai 1855.

Comte de Villedeuil.

1

Mon cher frère,

Tu seras fort étonné d'apprendre ce que je suis devenu. Tu sais bien les petits signes que l'on nous montrait ? il paraît qu'on peut les faire à la main, et les envoyer où l'on veut. La pensée se fige là dedans, et il suffit de souffler dessus pour lui rendre sa forme première. On appelle cela écrire et lire. Tout le monde ici sait lire et écrire. Je t'engage à apprendre à lire et à écrire : c'est très-agréable, car on écrit tout ce qu'on veut. Il y a même des gens qui font métier d'écrire pour donner à lire aux autres.

7

C'est un plaisir que de lire les gens qui écrivent des choses amusantes, et il y en a. Je m'amuse beaucoup à lire. J'ai lu cette nuit un livre bien intéressant qui s'appelle la *Cuisinière bourgeoise*. Il contient sept cent soixante et une manières de manger. Tu vois combien ces gens sont supérieurs à nous, qui ne connaissons que le cochon cuit au four et l'igname cuite au four ou à l'eau. Tu trouveras ci-joint un exemplaire de la *Cuisinière bourgeoise*. C'est le cadeau le plus utile que je te puisse faire. Je t'engage à faire connaître ce livre à tous tes sujets : c'est le plus grand service que tu leur puisses rendre, et ta mémoire sera bénie par la postérité comme celle d'un dieu bienfaisant. Si tu savais ce que c'est que d'avoir au choix des caprices de l'appétit sept cent soixante et une espèces de mets¦! — Tu te feras expliquer tout cela par le missionnaire, — c'est ainsi qu'on appelle en France l'homme chargé de percevoir un tribut.

C'est probablement lui qui te lira ma lettre : il t'expliquera tout ce qui pourrait être obscur pour toi. Figure-toi que, dès que j'ai été sur le vaisseau anglais et que j'ai pu comprendre quelque chose au parler de l'équipage, je n'ai plus entendu que deux mots : la *France* et *Paris*... Et pourtant ces gens étaient bien orgueilleux d'eux-mêmes. Je croyais que la France et Paris étaient quelques fameux restaurants de Londres ; car les Anglais aiment beaucoup à manger. Point du tout : la France est un pays voisin de l'Angleterre, et Paris est le plus grand village du pays.

En arrivant en Angleterre, je ne pensais plus qu'à une chose : c'était d'aller en France.

Il était presque nuit lorsque nous débarquâmes à Londres.

Le capitaine, le gros rouge qui avait le plus de galons et qui commandait aux autres, me conduisit avec lui dans une grande maison dont la porte était tout ouverte. Il y a beaucoup de ces grandes maisons en Angleterre et en France. On y trouve, à toutes les heures du jour et de la nuit, à manger et à coucher : il y en a pour toutes les bourses ; car, comme chez nous, cette hospitalité n'est pas gratuite; on paye tout dans ces maisons, et les saluts des domestiques et les sourires de la maîtresse de la maison, qui ne perd pas une occasion de vous prodiguer cette marchandise qu'il n'y a pas moyen de refuser.

Lorsque nous eûmes bien mangé, moi et le capitaine, il me dit : « Je sors pour affaires. » Mais pas du tout; je le vis bientôt rentrer avec une femme, demander deux bouteilles de rhum et monter dans sa chambre. C'était, je présume, sa femme qu'il ne voulait pas me montrer, de peur que je ne fisse quelque impression sur son cœur, et qu'il était allé chercher en cachette. Je ne parus pas le voir, de peur de le rendre jaloux.

9

Tandis que j'étais à recommencer mon dîner, car le capitaine ne m'avait fait manger que onze plats, je fis la connaissance d'un monsieur qui me dit qu'il était Français, et qui m'offrit de me conduire en France. J'acceptai, et une heure après nous étions partis, sans que j'eusse dit adieu au capitaine, que je n'avais pas voulu détourner une seconde de ses devoirs conjugaux.

Il paraît qu'il n'est pas permis en France de se moucher avec les mêmes mouchoirs qu'en Angleterre : la douane s'y oppose. La douane est un grand cercle de fer qui entoure tout le pays, et on ne peut le traverser qu'au moyen de beaucoup de petits papiers. Avant d'arriver à la douane, le Français me prévint qu'on ne laisserait pas entrer mes bagages, mais que si je voulais les lui confier, il se chargeait, par des moyens à lui, de les faire transmettre à Paris. Il m'indiqua un hôtel où je pourrais aller loger, et me prévint que toutes mes malles y seraient avant moi.

Quelques heures après, j'étais à Paris ; car les civilisés ont sur terre une singulière manière de voyager. Tu sais que quand on couvre trop bien une marmite qui bout, on la fait éclater ; eh bien, les civilisés se font éclater à jour et à heure fixes !... Les voyageurs sont les éclats, et ils se trouvent, par une admirable combinaison, portés là juste où ils voulaient aller. Cela s'appelle la locomotion à vapeur.

10

Adieu, mon cher frère, je t'écrirai un autre jour. Embrasse bien pour moi ma chère Etellah, et dis-lui que je lui veux être fidèle.

Prince HENNONEH.

II

Mon cher frère,

J'espère que ma première lettre t'arrivera ;
mais, comme, si j'attendais ta réponse, un long
temps s'écoulerait avant que tu eusses de mes
nouvelles, je prends le parti de continuer à t'é-
crire.

Tâche d'apprendre à lire, car je n'ose te parler à cœur ouvert. L'écriture est une chose si
extraordinaire, que tous ceux qui lisent un écrit
le peuvent comprendre, à moins qu'il ne soit
incompréhensible, et j'aimerais autant ne pas
mettre le missionnaire dans l'intimité de mes
secrets.

Il y a pourtant des écrivains qui ne sont com-
préhensibles que pour certaines personnes

12

Ainsi, un certain M. Scribe n'est compréhensible que pour les épiciers, parce qu'il n'y a qu'eux qui aient la même manière de sentir que lui ; un certain M. Baour-Lormian n'est compréhensible que pour les confiseurs, parce qu'il n'y a qu'eux qui se puissent expliquer les légendes de mirliton. — Il en est de même de beaucoup d'autres dont je n'ai pas les noms présents à la mémoire, mais que je te citerai chaque fois que l'occasion s'en présentera, car je veux que tu connaisses Paris comme moi. Bien entendu que je ne parlerai même pas pour mémoire des vilaines choses avec lesquelles je ne voudrais pas faire connaissance : par exemple, un trou noir qui s'appelle l'Odéon, et un grand égout que l'on intitule le *Constitutionnel;* ce sont là deux choses que je ne veux pas connaître, et qu'un honnête homme, dit-on, ne doit pas connaître. Mais ces deux choses n'ont rien de français ; par conséquent, ni toi ni moi n'en connaîtrons pas moins Paris et la France ; car Paris, c'est la France en réduction. Tu sais que l'ombre grandit ou décroît en proportion de l'éloignement dans lequel se trouve le réfléchi par rapport au réfléchissant. Paris est l'ombre trente-deux fois rapprochée.

C'est une carte d'échantillons de la France entière : il y a de tout, dit-on, jusqu'à des honnêtes gens. Je ne me suis pas encore aperçu de cette dernière circonstance.

Je t'ai dit qu'un monsieur français et très-poli,— car les Français sont toujours très-polis, excepté avec les femmes, les enfants et généralement tous les êtres faibles, — je t'ai donc dit qu'un monsieur s'était chargé de traverser pour moi le cercle de la douane, et de me faire remettre mes bagages à Paris. J'avais consenti.

J'arrivai donc à Paris sans autre propriété qu'un parapluie, mon costume national, et cent petites machines rondes qu'on appelle des souverains à Londres et des louis à Paris : c'est toujours la même chose. C'est jaune, et cela sert à tous les usages, à tous, tu entends ? Tous les besoins sont prévus à Paris, et avec le concours de ces petites machines on peut satisfaire tous les besoins. Il n'y a plus qu'une question de nombre.

Avant d'aller plus loin, il faut que je te dise ce que c'est qu'un parapluie. Représente-toi un bâton de moyenne longueur, au bout duquel on aurait posé un fond de barrique en étoffe. S'il était en bois, le fond ne pourrait pas se plier ; voilà pourquoi on le fait en étoffe. Te dire à quoi sert un parapluie, je ne le sais pas encore, mais j'espère finir par l'apprendre ; tu peux être sûr que je te le manderai aussitôt, car c'est un détail qui m'occupe beaucoup. Si je m'en rapporte à la raison étymologique, le parapluie devrait servir à garantir de la pluie ; mais quand je vois la chose signifiée en action, je suis obligé

14

de renoncer à cette explication. Je crois plutôt que le parapluie a été inventé par les domestiques pour empêcher leurs maîtres de se crotter en sortant à pied quand il pleut.

J'arrive à Paris. On me débarque dans un palais.

Je croyais être chez le roi du pays.

Je m'adressai à un monsieur qui avait sur la tête une marmite galonnée que l'on me dit être une casquette, — un habit à boutons d'argent, des pantalons galonnés, et au côté une épée, que l'on me dit n'exister que sous le rapport de la poignée. Je crus que le roi du pays m'avait envoyé, pour me complimenter, le général en chef de ses troupes. Je m'approchai pour le remercier ; mais on m'avertit à temps que c'était tout simplement un monsieur chargé d'apprendre aux arrivants par quelle porte on devait sortir du palais.

Ce que j'avais pris pour un palais était simplement le débarcadère, — un endroit où l'on descend de voiture. C'est grand comme tes États.

Il y avait aussi là plusieurs messieurs qui avaient des épées au côté et qui paraissaient aimables comme des étrilles. On me dit qu'ils étaient en effet aimables comme des étrilles, mais que leurs épées n'étaient que des broches pour passer dans les habits, et voir s'ils n'étaient pas doublés de tablettes de bouillon de provenance anglaise.

15

J'avais salué ces messieurs, je ne les saluai plus.

Le monsieur français et poli m'avait donné rendez-vous à l'*Hôtel des Princes*, rue Richelieu. Je pris une voiture. Mais tu ne sais peut-être pas ce que c'est qu'une voiture. Tu connais bien ce qui nous sert à enterrer les morts, eh bien, une voiture est une caisse analogue, moins longue, plus haute et percée de plusieurs ouvertures ; on fixe cette caisse sur deux bâtons, ces bâtons reposent sur des ronds ; on attache solidement à cet attirail un ou deux chevaux, et puis on roule, et tout en roulant on arrive où l'on veut arriver. C'est très-commode, on marche sans se fatiguer ; mais les chevaux se fatiguent.

Je t'engage à te faire faire une voiture d'après les indications que je viens de te donner ; tu en seras content ; on peut aller vite ou doucement, au choix.

Il y a des gens qui ont des voitures à eux : le plus grand nombre n'en a pas ; mais on en trouve dans toutes les rues, que l'on prend pour le temps que l'on veut et pour lesquelles on ne paye que ce que l'on doit. Cela te paraît tout naturel; pourtant, si tu étais ici, tu saurais qu'il n'y a rien de plus rare que de ne payer que ce que l'on doit. Il y a toute une classe d'hommes que l'on appelle avoués et qui font profession de vivre et de bien vivre de ce qu'on ne leur doit pas. On les appelle avoués parce qu'ils jouissent

16

du privilége de conserver l'impunité devant la manifestation de leurs voleries.

Adieu, cher frère, voilà l'heure de mon dîner. Bien des choses à Ertellah ; dis-lui que je lui suis fidèle.

Prince HENNONEH.

III

Mon cher frère,

J'avais donc pris une voiture pour me rendre à l'*Hôtel des Princes*. J'y arrivai. En me voyant entrer, le maître d'hôtel vint au-devant de moi, en me faisant beaucoup de politesses.

Tu ne sais pas ce que c'est que des politesses : cela consiste à se présenter devant les gens avec un visage agréable qu'on ne leur montre pas, parce que l'exquise politesse est de plier le corps de manière que le dos, formant une ligne horizontale, coupe à angle droit la verticale représentée par les cuisses. Les Français sont très-polis. Le défaut des politesses, c'est qu'elles

18

sont toujours au profit de celui qui les fait et aux dépens de celui qui les reçoit. Il y a des gens qui se font payer leurs politesses ; il en est d'autres qui payent ce qu'ils doivent avec des politesses. Le premier moyen est employé par les inférieurs contre leurs supérieurs : le second par les supérieurs contre leurs inférieurs. Il est des politesses de deux sortes : les politesses affirmatives et les politesses négatives. Les politesses affirmatives sont celles dont je t'ai parlé au sujet du propriétaire de l'*Hôtel des Princes*, elles montent de l'inférieur au supérieur ; les politesses négatives sont les appellations familières, elles descendent du supérieur à l'inférieur. Plus un boutiquier parle chapeau bas, plus il vend cher ; plus un personnage connu, homme de lettres, magistrat, militaire, parle familièrement, plus il emprunte d'argent, moins il en rend. Il y a des gens qui sont flattés de s'entendre traiter publiquement de : Gros imbécile ! par un homme connu.

J'avais appris à connaître la valeur de mon titre de prince.

— Prince Hennonéh ! dis-je au monsieur qui vint au-devant de moi, et que je jugeai être le directeur de la maison.

Aussitôt une grosse cloche se fit entendre, et vingt messieurs ornés de cravates blanches et de longs pagnes blancs vinrent se ranger autour de moi.

Le N° 2 pour Sa Majesté le prince Hennoneh, roi… roi… de… br! br! br!

Je ne dis rien.

Le monsieur passa devant moi, me fit monter un escalier, et m'introduisit dans une chambre magnifiquement meublée. Il m'en montra sept sans désemparer, et me dit :

— Voilà l'appartement que je destine à Votre Majesté ; il a été successivement occupé par tous les étrangers de distinction qui sont venus à Paris. Car ce n'est pas pour me vanter, mais il n'y a que mon hôtel qui soit en mesure de loger les grandeurs de passage à Paris ; c'est un établissement qui manquait ; je l'ai fondé par patriotisme, car il y a beaucoup de grandeurs de passage en cette ville. Votre Majesté sera ici comme si elle était chez elle. J'ai des interprètes pour toutes les langues et tous les dialectes. J'ai des cuisiniers pour toutes les cuisines, mais je présume que Votre Majesté préférera la cuisine française…. Où est donc la suite de Votre Majesté, et où sont les bagages de Votre Majesté?

— Ils viendront, répondis-je.

— Ah ! Votre Majesté parle parfaitement français.

— Oh !

— On s'aperçoit de l'éducation toute royale qu'elle a reçue.

En ce moment, j'entendis un grand bruit dans

20

la rue ; je me précipitai vers la fenêtre. Ce fut
un cri général : « Le voilà ! le voilà ! » et tous les
fronts se découvrirent ; car les Français ont
l'habitude de se couvrir la tête. Cela vient de
ce que les cheveux sont très-rares en France.
Tout le monde est chauve, parce qu'on ne passe
pour un homme sérieux, on n'est apte à un
emploi — un emploi public, rapportant beaucoup et ne donnant aucune peine, — qu'à la
condition d'avoir au moins les deux tiers du
crâne privés de toute espèce de poil. Et tous les
Français veulent être des gens sérieux, même
ceux qui font profession de faire rire le public.
Ils ne sont plaisants qu'à l'heure du spectacle ;
le reste du temps, ils sont tristes comme des mariages du grand monde. C'est une comparaison
toute française, dont je te donnerai la clef plus
tard. Ah ! cher frère, la clef ! la clef !... que je
suis heureux quand j'ai la clef ! Mais mainte-
nant j'ai toujours la clef.

J'écoutais le bruit sans savoir qu'on le faisait
en mon honneur, lorsque le monsieur qui m'ac-
compagnait me dit :

— C'est à Votre Majesté que s'adressent ces
marques de respect.

Je n'avais pas encore eu le temps de répondre, lorsqu'une voix se fit entendre derrière
moi.

— M. le directeur des théâtres populaires sol-
licite l'honneur d'être présenté à Votre Majesté.

Aussitôt le monsieur qui se tenait à mes côtés se retourna brusquement, et dit très-vite au nouveau venu :

— Combien avez-vous fait payer l'audience ?

— Mille !

Je compris plus tard que cela voulait dire mille francs, ce qui représente à peu près quarante des petites machines rondes que l'on m'avait données à Londres.

— Votre Majesté veut-elle le recevoir ?

— Oui, répondis-je.

Aussitôt on fit entrer un petit monsieur brun.

— Votre Majesté voit le plus dévoué de ses serviteurs.

— Monsieur, je vous remercie...

— Je suis le directeur des théâtres populaires. . je suis bien connu...

— Monsieur...

— Votre Majesté veut-elle me rendre un grand service ?

— Parlez...

— Il faudrait que Votre Majesté voulût bien assister à un de mes spectacles... elle s'ennuiera, mais je compenserai cela...

— Je ne sais...

— Oh ! que Votre Majesté ne me refuse pas ! elle verra là l'élite de la société française. Les places seront augmentées de vingt-cinq centimes, c'est le maximum.

— Je serai heureux...

22

— Il faut que Votre Majesté vienne six fois...

— Mais...

— Je ne demande pas cela gratuitement à Votre Majesté... Je lui offre trois mille francs...

— Je calculai que cela faisait cent vingt machines jaunes comme celles que j'avais eues à Londres.

— Non, dis-je; il me faut deux cents guinées.

— Votre Majesté me ruine; mais je ne peux rien lui refuser.

Alors il tira de sa poche deux feuilles de papier et écrivit :

« Entre les soussignés Pierre, directeur des théâtres populaires, et le prince Hennoneh, Altesse-étrangère de passage à Paris, il a été convenu ce qui suit :

« Art. 1er. — Le prince Hennoneh s'engage à paraître six fois, pendant trois heures chaque fois, dans les divers emplacements des théâtres populaires, et ce dans le délai de douze jours, à partir de demain.

« Art. 2. — En récompense de ce service et comme indemnité de déplacement, M. le directeur des théâtres populaires payera à Sa Majesté le prince Hennoneh la somme de deux cents louis.

« Art. 3. — Le prince Hennoneh ne pourra, pendant cet espace de temps, traiter avec aucun autre directeur de spectacle.

« Fait double à Paris, etc. »

Je l'arrêtai pour lui faire mettre *guinées* au lieu de *louis;* il m'assura que c'était la même chose. Je reconnus trop tard que non, et que j'avais été volé d'un cinquième. Ce n'était pas la faute du monsieur; il en fut aussi fâché que moi; mais la loi ne permet pas que l'on s'écarte d'un contrat signé. Et malheureusement il ne savait pas l'anglais, et moi je ne savais pas le français; ce qui prouve que quand on traite il faut s'entendre, et que les lois ne sont pas faites pour protéger la bonne foi.

Adieu, cher frère; je t'écrirai incessamment. Embrasse Ertellah.

Prince HENNONEH.

IV

Mon cher frère,

Lorsque le directeur des théâtres populaires
fut parti, le monsieur qui était resté avec moi
depuis mon entrée dans l'hôtel me demanda si
je voulais manger. Je répondis oui ; car c'était
ce que je désirais depuis longtemps. Les civilisés sont singuliers : ils n'ont pas toujours faim ;
ils ne mangent qu'à certaines heures. C'est une
habitude à laquelle je ne puis pas me faire ; aussi
je mange toujours. Les Français ont bien l'air
d'être faits comme nous, mais je crois qu'ils
ont quelque chose de moins : je ne puis pas dire
quoi. Je vérifierai cela par la suite.

Lorsque j'eus dit que je voulais manger, on me demanda ce que je voulais manger.

— Beaucoup de choses, répondis-je.

On me servit en effet beaucoup de choses. Mais, mon cher frère, les sottes gens que ces Français ! Figure-toi qu'on m'avait envoyé, avec le dîner, un monsieur qui était chargé de me servir. Il me coupait des morceaux minces comme des feuilles de synac, en sorte qu'à la fin du dîner j'avais encore tout mon appétit ! Les sottes gens que ces Français ! ils usent ainsi de toutes choses : par simples pincées. Pour moi, je ne puis me faire à leurs habitudes : j'aime toujours les grandes bouchées.

Tu ne saurais te figurer comment les civilisés mangent. Au lieu de faire comme nous pour transporter les morceaux dans leur bouche, ils ont recours à une fourche. Ils disent que c'est par propreté. Je crois plutôt que c'est pour manger un peu moins à la fois; car on touche avec les doigts bien des choses que l'on ne voudrait pas mettre dans la bouche : il faudrait donc être bien sale pour mettre dans la bouche ce que l'on n'oserait toucher avec les doigts. Je crois que mon raisonnement est assez concluant et ne saurait être logiquement réfuté.

Lorsqu'ils veulent manger, les Français font dresser une table, et ils recouvrent cette table d'un lé d'étoffe destiné à recevoir les ordures qu'ils font en mangeant, car ils ont l'ha=

bitude de faire des ordures en mangeant : nous autres barbares, nous supprimons jusqu'aux miettes par l'immensité et la simplicité de nos procédés d'absorption.

Quant à leur cuisine, elle n'est vraiment pas mauvaise. Comme je te l'ai déjà écrit, et comme tu as pu t'en convaincre en te faisant lire la *Cuisinière bourgeoise*, elle est excessivement variée. Il ne faudrait cependant pas se laisser tromper aux apparences : les variétés n'existent pour la plupart qu'à l'état écrit, et il n'est, après tout, qu'un nombre assez restreint de plats qui vaillent la peine d'être mangés.

Après dîner, le maître d'hôtel me demanda si je voulais aller au spectacle. Je ne savais pas ce que c'était ; je dis oui.

On me conduisit tout à côté. Il faut que je te dise ce que c'est que le spectacle. Je te parlerai d'abord de l'endroit où la chose se passe. Une salle de spectacle est un local étroit, où l'espace est utilisé comme le temps dans la vie d'un banquier (une comparaison que je t'expliquerai plus tard). Hiver comme été, on étouffe dans une salle de spectacle. On est en outre fort mal assis ; et, pour voir ce que l'on est venu voir, il faut avoir recours à des moyens mécaniques. Il y a même des gens qui n'y voient pas du tout. Tu ne peux encore apprécier l'importance de cet inconvénient, car tu ne sais pas ce que l'on vient faire dans une salle de spec-

27

tacle. Les Français, qui sont après tout bonnes gens, aiment beaucoup à se voir ridiculiser, non pour se corriger, mais pour rire d'eux-mêmes. Ils payent des gens, quelquefois fort cher, pour venir pendant quelques instants se montrer affligés de tous leurs ridicules. Voilà ce que c'est que le spectacle ; il y a des spectacles tristes et des spectacles gais ; il y en a qui ne sont qu'ennuyeux, et c'est le plus grand nombre.

Il y a des gens qui y vont par devoir : ce sont ceux qui servent, de près ou de loin au succès de la représentation, les médecins du théâtre, chargés de constater le décès des gens qui meurent d'apoplexie foudroyante dans la chaleur de leur enthousiasme, et les maris qui accompagnent leurs femmes. Beaucoup d'hommes ne vont au spectacle que pour voir celles qu'ils aiment. Tu conçois que je ne te puis énumérer les secrets motifs de tous ceux qui viennent au théâtre : j'en aurais pour trop long-temps. Il est néanmoins une variété de visiteurs habituels du spectacle que je ne puis passer sous silence : ce sont ceux que l'on appelle les habitués de l'orchestre ; ceux-là ne vont au spectacle que pour voir les mollets des femmes qui jouent dans la pièce ; car les civilisés, ayant la coutume de ne laisser toujours apparaître de leur corps que le bout du nez, sont très-friands de la moindre partie qu'ils

28

peuvent voir à nu. Les habitués de l'orchestre se recrutent parmi les extrêmes jeunes gens et les vieillards. Il y en a toutefois qui paraissent dans la force de l'âge : ceux-là appartiennent à l'espèce agent de change, une espèce à qui la civilisation n'a pu encore apprendre qu'à se servir de ses doigts pour sonder les poches circonvoisines, et de ses pieds pour filer. L'espèce agent de change se reconnaît à l'exiguité de sa membrure : la nature l'a douée ainsi pour lui permettre d'emporter la caisse, ce qui est sa spécialité. Quand ils sont contents du spectacle, les civilisés ouvrent les mains et les frappent l'une contre l'autre avec un grand bruit : c'est ce que l'on appelle applaudir. Rarement les Français se donnent la peine d'applaudir, ils ont peur de se rougir les mains. Les administrations théâtrales se fournissent donc d'un certain nombre d'hommes de bonne volonté, auxquels elles donnent gratuitement le droit d'entrer, à condition que leur admiration sera aussi bruyante que faire se pourra. Ces admirateurs, avec garantie, sont appelés *romains*, — du nom d'un peuple très-brave qui n'existe plus, — à cause du courage inébranlable avec lequel ils accomplissent leur mission.

Le théâtre où l'on m'avait conduit était un des plus petits de Paris, un des plus chauds et des plus mal construits. Il est cependant situé sur le boulevard. Les siéges sont tellement durs, que moi-même je m'y trouvai mal à l'aise. Quand j'arrivai, il y avait sur la scène un monsieur qui paraît assez bien : tous ses gestes excitaient une vive hilarité ; ceux même qui n'avaient rien de risible obtenaient plusieurs salves de rire : les Français vont toujours de confiance. Aux côtés du monsieur il y avait plusieurs femmes dont toute la salle recherchait avec curiosité les moindres détails. Toute la salle, c'était bien peu de monde : mais on me dit qu'à ce théâtre il n'y avait jamais personne. Il en est ainsi depuis un académicien en partie double connu dans l'ordre des bipèdes sous le nom d'Ancelot.

Je ne tardai pas à m'endormir, ce qui fait que je ne pourrai pas te raconter ce qui se passa.

Adieu, cher frère, et à bientôt.

Je porte toujours le souvenir d'Ertellah dans mon cœur.

Prince HENNONEH.

V

Mon cher frère,

Ce n'est jamais sans un vif sentiment de plaisir et d'orgueil que je me compare à ces affreux petits Français. Tous les Français sont mal bâtis, bossus ou cagneux. Je dis tous, je ne devrais peut-être dire que la plupart; mais ce que je puis dire, c'est que tous ont la peau rongée de boutons et autres végétations qui sont regardées chez nous comme témoignage de la plus grande détérioration possible de l'homme. Ces maladies sont si générales, que tous les Français, tous, sans exception, ont l'habitude de se vêtir, c'est-à-dire de s'envelopper de voiles auxquels ils savent donner diverses formes. Les femmes mêmes sont obligées de se conformer à cet usage aussi absurde qu'impie. Je dis impie, et, en effet, si le Créateur n'eût pas trouvé l'homme assez couvert de son tégument naturel, il lui en eût gratuitement donné un second. Te figures-tu les femmes contraintes de cacher ce qu'elles ont de plus joli, ce qui leur fait le plus de plaisir à montrer; ce qui, à nous autres hommes, nous fait le plus de plaisir à voir! Si on leur demande la raison de cette stupide coutume, les Français vous rient au nez. Quand ils ne vous rient pas au nez, ils prétendent que c'est par décence. Je hausse les épaules, et je pourrais leur répondre un volume de bonnes raisons, mais je ne connais pas encore assez bien la langue pour discuter la question de décence. Les moralistes, ceux qui aspirent au titre de sages et aux fonctions de législateur, prétendent que si l'homme porte des vêtements, c'est pour se garantir des intempéries des saisons. Ce motif est spécieux, mais il n'est pas exact. Nous autres Victoriens, nous jouissons de tous les luxes de la santé, et nous n'en sommes pas plus vêtus pour cela; j'ajouterai que, l'été, les vêtements sont plutôt un surcroît de chaleur qu'une source de rafraîchissement. Enfin, il est beaucoup de gens, — ceux, par exemple, qu'on appelle les indigents, — qui passent pour vêtus, qui ne le sont pas, et qui vivent plus longtemps que les existences les

32

mieux vêtues. Jamais les Français n'avouent que les beautés du dessus ne sont là que pour cacher les impuretés du dessous. Un petit nombre de femmes jolies et philosophes protestèrent, dit-on, naguère, contre l'absurde interdiction qui pesait sur l'étalage de leurs charmes ; mais les femmes qui, comme Théodora, n'avaient pas tout à gagner à tout montrer s'émurent fortement ; el'es intriguèrent avec cette activité qui est le caractère des femmes laides, et elles parvinrent à arrêter la réforme. Quant aux hommes, ne pouvant non plus se montrer dans leur nudité, ils portent des pantalons collants. Cette dernière circonstance suffirait à prouver que le vêtement est une question de peau. S'il est sale de laisser apercevoir certaines parties du corps, il est également sale de laisser apercevoir la bouche, qui sert à manger et qui sécrète abondamment ; le nez, qui sert à sentir et qui sécrète avec une égale abondance ; les yeux et les oreilles, qui servent à voir et à entendre et qui livrent passage à une sécrétion. Plus j'étudie cette question, plus je me sens convaincu que si les Français se cachent la peau, c'est qu'ils ont de bonnes raisons pour le faire. Je n'en puis douter en voyant le soin qu'ils ont de prendre des bains. C'est un médicament que nous ne connaissons pas : on fait chauffer de l'eau, on en remplit un grand vaisseau, et on se plonge dedans. Quand on n'est pas sale, on n'a rien à laver. Donc les Français sont sales, puisqu'ils se lavent.

J'aurais encore beaucoup de choses à dire sur le costume ; pour ne pas être monotone, je te les dirai une autre fois.

En t'envoyant la *Cuisinière bourgeoise*, le chef-d'œuvre pratique de la littérature française, je t'ai parlé avec admiration de la cuisine française et de ses ressources infinies. Hélas ! mon cher frère, j'ai commis une grande erreur. Les Français sont de grands menteurs : ils n'ont pas plus de mets que nous, si ce n'est les huîtres, que nous ne connaissons pas ; mais ils donnent à ces mets mille noms divers, suivant qu'ils sont jaunes ou noirs, avec plus ou moins de ceci ou de cela. Ainsi, un fricandeau, une blanquette, des escalopes et du veau rôti, c'est toujours du veau. Ces gens-là ne s'en tiennent qu'aux apparences. Peu leur importe de manger toujours la même chose, pourvu que la même chose ait l'air de ne pas être la même chose. En vérité, mon cher frère, ce sont de grands fous que ces civilisés !... Bœuf, veau, mouton, ils n'ont que cela, et avec cela ils croient avoir mille choses. Au bout de quelques jours, je ne tardai pas à m'apercevoir que, quelque soin que je misse à varier les éléments de mon dîner, tout ce que je mangeais avait le goût d'un morceau d'une même tranche coupée au même filet de bœuf, veau ou mouton. Je pris alors la *Cuisinière bourgeoise*, et en observant les titres courants je reconnus que cent noms de plats ne cachaient qu'un même poulet, plumé, vidé, flambé.

J'en étais là de ma lettre, lorsque je fus interrompu. On me dit qu'un monsieur demandait à me parler de la part de M. Calu. J'avais bonne envie de ne pas le recevoir; mais j'espérais qu'il me donnerait des nouvelles du jeune homme qui s'était chargé de mes malles, et j'ordonnai qu'on le fît entrer.

— Que veut M. Calu? demandai-je.

— M. Calu n'a pas l'honneur d'être connu de Votre Majesté; mais, néanmoins, j'ai pensé qu'en me présentant sous ses auspices j'aurais plus de chances d'être reçu de Votre Majesté. Je venais proposer à Votre Majesté une petite chose qui a été honorée des souscriptions de tous les princes étrangers et de tous les personnages de distinction qui ont passé depuis un an à Paris.

Et en même temps, l'envoyé de M. Calu tirait de sa poche plusieurs feuilles de papier fort sales, au milieu desquelles il y en avait plusieurs d'un autre format et d'une entière blancheur. Aussitôt, une odeur qui pouvait bien provenir d'une condensation extrême de mauvais tabac remplit toute la chambre d'une saveur nauséabonde.

— Si Votre Majesté veut prendre connaissance...

Et il me mettait sous le nez plusieurs feuilles de papier réunies par un fil.

— Qu'est ceci?

— L'*Éclair*, — un journal qui doit être bien connu de Votre Majesté.

Mais tu ne sais pas ce que c'est qu'un journal. — Un journal est une chandelle qui brûle par les deux bouts. Il procure autant d'ennui à celui qui le fait qu'à celui qui le lit; et ce n'est pas peu dire, si j'en juge à la figure que je vois faire aux malheureux qui lisent le *Constitutionnel*, et à la figure que je fais moi-même quand je lis la *Presse!*... — Celui qui le fait a bien plus d'ennui, car il paye 5, 6, 7, 8, 9, 10, 11, 15, 1,900 fr. par jour pour faire l'ennui d'un journal que le simple mortel peut se procurer à domicile pour 40 francs par an, ou, dans un lieu public, à raison de 15 centimes l'indigestion. Quand un monsieur s'est injecté plusieurs colonnes d'un journal, il va les évacuer aux oreilles de ses amis, ou en public, en sorte qu'avec la meilleure volonté du monde on ne peut éviter l'absorption du journal; l'air qu'on respire en est lui-même saturé!... Les rafraîchissements que l'on prend dans les établissements publics en sont parfumés ! Il y a même des endroits où l'on tente de vous en servir à déjeuner et à dîner!... Mais, le plus souvent, ces tentatives

36

ne sont pas couronnées du moindre succès. —
Cependant les journaux ont une utilité : il est
une quatrième page où l'on trouve un remède
contre les onze cent quarante maladies qui affli-
gent l'homme dans ce malheureux pays. — Et,
chose vraiment étonnante! ce qui donne le plus
d'attrait aux journaux est ce qui leur rapporte
le plus! Les apothicaires payent (et beaucoup) pour figurer dans cette quatrième page,
sans laquelle nul ne songerait à lire les journaux. — Ce qui coûte le plus aux journaux,
c'est la première, la seconde et la troisième
page. On paye les gens qui les noircissent, et
nul jamais ne songea à les lire. Ainsi, cher frère,
tout est anomalie chez les Français. Au point de
vue physique, un journal est quelque chose
d'ignoble. C'est, en général, une intention d'impression manquant sur un papier à prétentions
blanches, mais à réalités grisâtres.

Je ne connais guère que trois journaux qui
soient gracieux à l'œil : c'est le *Charivari*, une
vieille gloire qui trône sur un échafaud de
crayons; l'*Éclair*, une revue à affectations aris-
tocratiques et à publicité exclusivement rotu-
rière; *Paris*, un journal fantastique qui ne jouit
pas de la protection du gouvernement et sait s'en
passer; le reste est bon à envelopper de la chandelle, une malpropre invention des civilisés.

Mais j'oublie le monsieur qui m'a fait faire
cette digression.

4

Je ne connaissais pas du tout l'*Éclair;* mais, comme je ne voulais pas avoir l'air de rien ignorer, je répondis affirmativement :

— Oui, beaucoup.

— Alors, je n'ai pas besoin de dire à Votre Majesté que ce journal...

— Dites, dites...

— Votre Majesté voit par elle-même que c'est le plus élégant de tous les journaux.

— Oui, oui.

— Et, comme je ne doute pas que Votre Majesté ne veuille s'y abonner, j'ai pris soin de me munir d'un engagement de souscription, afin de lui éviter la peine de passer au bureau...

— M'abonner? Et combien cela coûte-t-il ?

— Oh! le meilleur marché de tous les journaux! 20 francs par an! Vous aurez par an huit cent cinquante pages de texte in-4°, vingt-six pages de caricatures, vingt-six lithographies de l'illustre Gavarni, qui vient d'être décoré tout récemment pour ses travaux dans le journal; douze volumes de romans inédits, et douze romances inédites. Si Votre Majesté ne chante pas, elle pourra offrir les romances à une dame. Au bout de l'année, ce sera un magnifique album, valeur de 24 francs dans le commerce. Pour 20 francs, je donne à Votre Majesté vingt-six lithographies valant 26 francs, douze volumes de romans valant 85 francs, douze romances valant 24 francs, soit une valeur de

135 francs ; plus huit cent cinquante pages de texte, illustrées de quatre cent cinquante caricatures ! Nous y perdons.

— Tout cela ?...

— Votre Majesté veut-elle une réclame? Je puis lui promettre quelques lignes dans les Faits divers.

— Mais je ne suis pas Français; que voulez-vous que je fasse d'un journal français?

— Qu'à cela ne tienne! nous ne reculons devant aucun sacrifice; nous avons des éditions dans toutes les langues, et notamment en victorien.

— Voyons...

— Ah !... je ne l'ai pas sur moi; mais on vous l'enverra.

Et il me présentait la plume pour signer, — et je signai.

Je reçois le journal très-régulièrement, mais en français; du reste, je ne m'en plains pas : il est très-spirituel, je le comprends, et on n'est pas encore venu toucher mon abonnement. Je t'enverrai le journal à mesure que je l'aurai lu; mais tu auras soin de ne pas le laisser lire devant Ertellah.

Adieu, mon cher frère; j'aime toujours Ertellah, quoique, contre mon intention, j'aie dû lui faire quelques infidélités.

Prince HENNONEH.

VI

Mon cher frère,

Je veux te parler, entre autres choses, aujourd'hui, d'une invention des civilisés qui est faite pour rendre le monde inhabitable.

Tu sais avec quel soin nous évitons tout ce qui peut offenser l'oreille; ce n'est pas de la délicatesse, c'est purement et simplement de l'hygiène. Ingénieux à se rendre la vie difficile, les civilisés ont imaginé, sous le nom de musique, une combinaison de sons, tantôt forts, tantôt pleins, tantôt aigus, qui n'a et ne peut avoir que deux effets : abasourdir ou endormir. Ce n'était pas assez de l'instrument fourni par la

40

nature, — du gosier, — pour produire ces sons
étourdissants ou somnolents : les civilisés ont
inventé divers instruments factices au moyen
desquels un petit nombre de personnes peuvent
faire autant de bruit que le vent du couchant.
Tu n'ignores pas qu'en frappant sur une marmite vide on obtient un bruit qui varie suivant la position et la capacité de la marmite.
Tous les instruments dont se servent les Français pour faire ce qu'ils appellent de la mélodie
peuvent être comparés à des marmites. Tout le
système musical est un système d'exploitation
du vide, de la compression, de la concavité, de
la convexité, et avant tout de la sonorité dont
sont doués les métaux. Les Français font beaucoup de musique. Toutes les maisons sont gar-
nies d'instruments. Les locataires s'occupent
de former une coalition pour forcer les propriétaires à les leur fournir. Il n'est pas rare de
trouver chez un Français plusieurs instruments
de jeu différent. Ce n'est pas tout : il y a des
instruments de musique dans la rue, et les Français ont le bon esprit de les payer pour se taire...
oui, mon ami... comme s'il ne serait pas plus
simple d'abolir ce chantage, comme on a aboli
la torture... Mais les Français sont ainsi biscornus, qu'ils n'aiment que ce qu'ils détestent.

Dans tous les théâtres, on fait de la musique :
je crois que c'est pour tenir lieu au public de ce
fameux anneau de Polycrate dont nous parlait

4.   41

le missionnaire anglais. Il y a même à Paris quatre établissements où l'on ne fait que de la musique. L'un s'appelle l'Opéra ; on a été obligé d'en faire un rendez-vous d'amour pour le public, qui sait néanmoins préférer la mare d'Auteuil ou le rond-point de Mortemart, surtout quand une certaine madame ..... a le privilége de paraître pour faire savoir à tous ceux qui ne la connaissent pas qu'elle n'est ni actrice ni cantatrice, deux qualités pour lesquelles elle pose avec autant de grâce que d'insuccès. Le second établissement s'appelle le Théâtre-Italien. C'est la même chose que l'Opéra, mais en laid et en malpropre. La spécialité du Théâtre-Italien est le chant italien, auquel personne ne comprend rien. Les acteurs ont si bien l'habitude de se considérer comme des Chinois jouant une parade indigène sous les yeux du roi de Naples, qu'ils s'amusent à pousser au hasard les consonnances les moins significatives. Pour certaines classes de la société, les Italiens sont encore un lieu où se trament contre les maris partie de ces mille conspirations qui éclatent chaque jour. La troisième caverne musicale, située dans l'un des plus beaux quartiers de Paris, à une place qui pourrait être utilement employée, est appelée, par une singulière dérision, l'Opéra-Comique ! L'ironie est une figure très-familière aux Français. — L'Opéra-Comique est assez fréquenté ; car les Français, plats va-

42

lets des apparences, ne comprennent pas la fine et profonde raillerie que cache ce titre trompeur. On a l'habitude, à l'Opéra-Comique, de couper la musique par des temps de repos qui sont consacrés au débit d'une prose extraplate, imitation caoutchouc sortant des ateliers d'un certain Scribe, homme aux idées stupides, mais couronnées du plus grand succès. Les acteurs de l'Opéra-Comique mettent une certaine pudeur à ennuyer le public; sauf cependant un monsieur du nom de Bataille, qui a des yeux, des gestes et une intonation à mettre en fuite le moins délicat des auditeurs... Il existe encore un quatrième établissement; celui-ci est de fabrication récente : on le nomme le Théâtre-Lyrique. C'est la succursale de l'Opéra-Comique, c'est tout l'Opéra-Comique, avec un peu moins d'auditeurs et quelques marmites ou imitations de marmites de moins à l'orchestre. Le personnel n'a rien de particulièrement désagréable, si ce n'est toutefois un sieur et une dame ......, passés chanteurs par l'opération du Saint-Esprit, chez lesquels le manque absolu de procédé dénote une absence complète d'éducation musicale, et qui ont le talent d'ajouter encore aux inconvénients naturels d'une musique aussi fâcheuse que regrettable. Il est d'ailleurs, de par la ville, une foule de mauvais lieux où l'on se livre à l'exercice de la musique. Pour l'honnête homme ignorant des voies et moyens de la ville,

43

c'est un danger de tous les instants, comme il en est partout de béants à Paris.

Les Français se plaisent au milieu de ces dangers, dont la pensée seule peut transformer en effroyables cauchemars les doux rêves de la nuit, et en même temps gravement compromettre la vie et la mission des femmes enceintes. Je remplirais cette feuille et bien d'autres, si je voulais te profiler la silhouette de tous les périls qui se promènent sur l'asphalte des trottoirs, sans que personne songe à leur mettre un écriteau sur le dos pendant le jour et le soir un lampion sur la tête... A une hauteur à laquelle les yeux ne peuvent atteindre, les Français ont l'usage d'écrire le nom des rues qui servent à la circulation des populations. — Pourquoi donc ne pas faire la cérémonie de la plaque aux précipices, aux gouffres, aux abîmes qui s'ouvrent de tous côtés ? Les pieds ne sont pas plus intelligents que la colonne d'air qui se trouve à la hauteur de la classification des rues. Pourquoi la mesure d'en haut et la mesure d'en bas ? Ce raisonnement te paraîtra convaincant, un Français n'hésiterait pas à le trouver inepte. C'est que les Français ne conçoivent à leur endroit que la plus servile admiration. Cependant, je dois le dire, ils ont le bon esprit de mépriser profondément ceux qui les admirent, et de n'avoir d'admiration que pour ceux qui font profession de les mépriser. Les Français, je crois,

44

sont en cela comme les autres hommes : on n'ouvre pas la porte des affections, on l'enfonce avec effraction ; et surtout dans ces sortes d'affaires, le bâton et le plus fidèle comme le plus infaillible des agents.

Adieu, cher frère.

Prince HENNONEH.

Le souvenir d'Ertellah vivra éternellement dans mon cœur.

VII

Mon cher frère,

Je n'en ai pas fini avec les habitudes des Français.

Quoi qu'on pense de l'homme, de son origine et de sa création, il est évident pour tout le monde que le travail est un châtiment. Or, si le travail est un châtiment, le bonheur est dans l'inaction, et la plus grande somme de bonheur possible dans la plus grande somme possible d'inaction Les civilisés appellent cette doctrine l'évangile des paresseux. Et cependant, telle est au fond leur opinion, que, dans leur langage, ceux qu'ils appellent les heureux de la terre, ce sont les gens riches, ceux qui n'ont rien à faire. Toujours le même système : parler d'une façon et agir d'une autre. De ce que le travail est un châtiment, il ressort que le perfectionnement possible des conditions de l'humanité est dans la réalisation de ce qui doit être le but constant des efforts de l'homme, la suppression du travail, l'existence spontanée. Ces sentiments raisonnables, tous les civilisés les ont dans le cœur ; mais nul, parmi eux, n'ose les avoir sur les lèvres. Loin de là ; ils font de grandes phrases sur le travail : Le travail élève l'homme — en le courbant vers la terre ; le travail ennoblit l'homme — en le déformant et en lui rendant les mains calleuses. Je te ferais mille lettres de toutes les sornettes qu'ils ont écrites sur ce sujet. Et note bien en passant que, quand ils travaillent, c'est toujours dans le désir d'arriver à ne plus avoir besoin de travailler. Ils traitent de mauvais sujets ceux qui, voulant diriger les faits avec la logique des idées, vivent au jour le jour, et se gobergent la nuit du travail du jour.

Le travail est la loi de la nature. Dépêchez-vous de travailler pour n'avoir plus besoin de travailler. Cela vaut-il bien la peine d'avoir des endroits où des messieurs en robe noire sont payés pour enseigner la logique !

Sottise ! absurdité ! illogicisme !

Voilà le premier et le dernier mot de la civilisation.

Le bonheur est dans l'inaction : l'inaction, c'est le repos des organes que la nature nous a donnés pour en faire le moins d'usage possible. Eh bien, les civilisés n'ont d'autre but que d'irriter perpétuellement ces organes.

Je t'ai dit comment ils avaient réussi à transformer en instruments de supplice les oreilles, destinées tout simplement à transmettre au cœur le signal du rendez-vous d'amour. Ils ont fait bien pis de l'appareil de locomotion que la nature nous a donné avec recommandation bien expresse de n'en user que dans les circonstances désespérées. Ils reconnaissent si bien que l'action des jambes, que la marche est un acte pénible et fatigant, qu'ils ont emprunté des moyens de locomotion aux animaux; qu'ils ont créé une locomotion factice avec du feu, de l'eau, du salpêtre, du zinc et autres ingrédients que je ne connais pas. Tous ces moyens extérieurs de locomotion se payent fort cher, et la faculté de ne jamais poser le pied par terre est considérée comme une des jouissances des heureux de la terre, c'est-à-dire des riches. Avoir une voiture, se faire porter, c'est une des ambitions de celui qui travaille pour ne plus travailler. Tels sont, je le jure sur le souvenir d'Ertellah, les sentiments des civilisés. Eh bien, mon frère, toi qui es un homme raisonnable, tu méditerais vainement pendant dix ans pour découvrir ce qu'ils ont trouvé comme suprême plaisir : un exercice fantastique, une locomotion effrénée qu'ils appellent la danse. Un monsieur s'approche d'une dame, lui met la main dans la main, et les voilà qui s'agitent, en dépit du bon sens et de l'hygiène, jusqu'à ce que leurs muscles refusent le service. Ce ne serait rien encore que cette ronde désordonnée des évolueurs et des moteurs : les civilisés ont trouvé moyen de raffiner l'agonie en combinant la musique avec la danse. Les femmes, non moins que les hommes, se plaisent à cet exercice. J'en suis étonné, car les femmes ici ont mille fois plus d'esprit que les hommes. Les gens qui raisonnent prétendent que l'on danse pour le plaisir de causer. Or, règle générale, le danseur et la danseuse ne se connaissent pas ; le danseur a des souliers trop étroits, et la danseuse étouffe dans son corset. Ni l'un ni l'autre n'ont l'haleine parfumée. Quand l'un ne sent pas autre chose, il sent toujours une infection que l'on appelle le tabac. Ne vaudrait-il pas mieux rester tout le jour dans cette position qui est le vrai bonheur, et pour laquelle l'homme semble fait, l'échine allongée sur des coussins et les jambes en l'air ? Tu ne me croiras pas, et pourtant c'est l'exacte vérité : cette position n'est point du tout connue en France, ou, si elle y est connue, elle n'y est point appréciée ; j'ai même passé pour un homme mal appris, ignorant des beaux usages, parce que je m'étais placé ainsi dans un salon.

Je te le dis tout bas, en te priant de ne pas laisser lire ce passage devant Ertellah, on trouva que j'avais l'air d'un gigot avec son manche.

Si le missionnaire anglais, qui me fait l'effet d'un homme à tout faire, voulait t'apprendre à danser, je te conseille de protester énergiquement. Que les Victoriens n'imitent pas les stupides Français, si fous de la danse, qu'ils payent pour danser, et que, dans les lieux publics, le gouvernement est contraint d'envoyer des agents chargés d'empêcher, au moyen de peines rigoureuses, les danseurs de se démancher par des écarts exagérés !

Encore une absurdité: nous regardons comme peu agréable à l'œil cette sécrétion que produit le nez et dont le nom en français ne me revient pas à la mémoire. De même ici, on ne veut pas des chevaux qui se mouchent ; et, quand l'heure de la sécrétion est arrivée, il est d'usage de se cacher pour la recueillir. Voilà un fait. Eh bien, pour activer cette malpropreté, qu'ils ne veulent pas souffrir chez leurs chevaux, les civilisés aspirent une poudre ; et ils font cela publiquement. Ils ont toujours l'air de dire : « Monsieur, je vous prépare une malpropreté. » — Comme s'il fallait prévenir de ces choses-là !

Adieu.

Prince Hennoneh.

J'aime toujours Ertellah.

50

VIII

Mon cher frère,

Plus je vis dans ce pays, plus je me sens convaincu que, si par civilisation il faut entendre le perfectionnement des conditions de la vie humaine, c'est nous qui sommes les civilisés, et ce sont les civilisés qui sont les barbares.

Je t'ai déjà dit comment les civilisés abusaient de leur gosier, de leurs oreilles et de leurs jambes ; il n'est pas un seul organe qu'ils ne livrent également à des excitations exagérées, qu'ils ne fatiguent et ne torturent, dont ils ne fassent enfin un véritable instrument de supplice.

Tu sais comment ils tourmentent leur gosier,

51

sous prétexte d'émettre des sons ; ce n'est pas tout : ils ont trouvé le moyen d'ajouter à cette torture, en rendant impossible au gosier ce que précisément ils ont à lui demander. Il existe de par le monde une plante qu'on appelle *tabac*, et qui est bien la plus nauséabonde chose que ton odorat se puisse imaginer. Cette chose, que je n'hésite pas à qualifier de vénéneuse, devrait être non-seulement éloignée du contact des sociétés honnêtes, mais extirpée avec soin. Loin de là, cette plante infecte est l'objet d'une culture toute particulière, sous la surveillance du gouvernement. Je ne verrais là aucun inconvénient, si ce culte restait à l'état platonique (un mot que je t'expliquerai une autre fois) ; mais, avec une logique qui les caractérise rarement, les Français ont soin de passer de la théorie à la pratique. Toujours sous la surveillance du gouvernement, cette herbe puante est recueillie, non pas pour être prudemment détruite, mais bien pour être séchée. Une fois que l'herbe est sèche, le gouvernement s'en empare ; il la hache en menus morceaux, ou la roule en baguettes minces, courtes et dures, et la livre en cet état à la discrétion des civilisés. La plus désastreuse des propriétés de cette herbe est de produire une fumée fâcheuse qui cause à l'odorat le plus déplorable des chatouillements et qui fait jaillir des yeux une douloureuse sécrétion. Or, voici ce que font les civilisés : ils allument

52

ces baguettes, dont l'excessive dessiccation est aisément combustible; ils introduisent l'extrémité opposée dans la bouche, et, par l'aspiration, activent l'ignition en même temps qu'ils appellent la fumée dans leur bouche. Ce travail s'appelle fumer. Fumer est un plaisir pour les civilisés. D'autres prennent un godet dont le fond percé correspond à un tuyau, allument le tabac dans le godet, introduisent le tuyau dans leur bouche, et font absolument le même travail que ceux qui fument des baguettes. Cette manière de fumer est encore plus nauséabonde que la première; plus la fumée est forte, plus le plaisir est grand. Te figures-tu comment le gosier se trouve du contact de ces âcres vapeurs?

Ce pauvre gosier, ce n'est pas le seul tourment qu'il ait à endurer.

Il y a en France une sorte d'arbre qu'on appelle la vigne, qui produit un fruit que l'on nomme raisin et qui jouit d'une qualité très-remarquable. Il se transforme, par la pourriture, en une liqueur indéfinissable, le vin. Il n'est rien chez nous qui puisse être comparé au vin. Chasse toute autre pensée de ton esprit, suppose que tu éprouves à la fois tous les plaisirs à toi connus, et tu n'auras qu'une faible et imparfaite idée de la jouissance que procure l'absorption d'un verre de bon vin; car il y a du bon et du mauvais vin. Le mauvais vin lui-même est une bonne chose, mais moins bonne que le bon vin.

Le vin a une singulière propriété. Quand il est en ébullition, il dégage une vapeur qui, condensée, devient elle-même une liqueur transparente, mais la plus dégoûtante des liqueurs, aussi fâcheuse au goût qu'à l'odorat. Suppose qu'on te frotte la plus délicate partie de ton corps, la langue ou les paupières, avec une brosse telle que celle dont nous nous servons pour nous nettoyer la peau, et tu auras à peine une idée de l'irritation douloureuse que le passage de l'alcool, — tel est le nom de cette liqueur, — produit sur le gosier. Eh bien, l'alcool est un objet d'usuelle consommation chez les civilisés ! Quand je te dis que ces gens-là sont stupides !

Adieu, cher frère ; ma lettre est courte, mais j'ai mille occupations.

Prince Hennoneh.

Je pense toujours à Ertellah.

IX

Mon cher frère.

Je t'ai dit que j'étais fort occupé : tu vas comprendre pourquoi. Le Français si poli qui m'avait proposé de se charger de mon bagage n'a pas reparu. Si j'en crois le bruit généralement répandu, c'est assez l'habitude en France, quand on est poli, de se faire payer sa politesse. Je trouve cependant que celui-ci m'a pris un peu cher ; car il ne m'a rien laissé. Ce qu'il a fait s'appelle, en civilisation, *voler*. Le vol est très-commun. Jusqu'à un certain point, il est puni par les lois ; mais, en acquérant une certaine importance, il acquiert l'impunité. Tous les Français, en général, sont, seront, ou ont été voleurs, et en ceci les Anglais, leurs rivaux, leur ressemblent énormément. Le vol est une science qui a pour professeur le besoin qu'éprouvent toutes les jouissances ou toutes les nécessités de la vie, de ces machines rondes et jaunes dont je t'ai parlé, et qui, guinées, louis, ducats ou sequins, représentent partout une dose variable de plaisirs et d'inaction. Le vol est d'autant plus commun, que les civilisés ont plus d'une nécessité. Ainsi, nous autres Victoriens, nous n'avons d'autres vêtements que le satin que la nature nous fournit. Un civilisé a besoin de plusieurs vêtements. D'abord, sous prétexte de propreté, il lui faut un revêtement intérieur que l'on appelle chemise. Te dire l'utilité de la chemise, je ne saurais. Là doit être le dernier mot de la civilisation, mais je n'ai pas encore ce dernier mot.

Pour le moment, je n'hésite pas à dire que la chemise est le plus inutile de tous les vêtements. Cependant, il n'est pas d'individu, si pauvre soit-il, qui se veuille passer d'une chemise ; et dire de quelqu'un qu'il n'a pas de chemise, c'est le créer, *ipso facto*, grand-croix de la misère. Conçois-tu qu'une superfluité aussi évidente soit prise pour une nécessité ? Ah ! mon frère, que ces gens-là sont sots ! Et ils nous appellent sauvages ! Ce n'est pas nous qui nous préoccuperions d'une chemise ! Après la chemise vient une tentative de deuxième couche de revêtement qui ne porte que sur la poitrine et les épaules : cela s'appelle un gilet. Le gilet a été inventé pour servir de prétexte à des exhibitions de bijoux. On appelle bijou toute chose faite en métaux ou pierres précieuses qui peut trouver sur le corps sa place et son application. Le gilet sert donc de fond pour faire ressortir les bijoux. Cela n'empêche pas que les gens qui n'ont rien à faire ressortir se croient dans l'obligation de porter un gilet ; toujours par propreté et afin qu'on ne voie pas leur chemise. Ne te semble-t-il pas comme à moi que ce qu'il faut cacher aux autres, il le faut cacher à soi-même, attendu que le *moi* a droit à encore plus de respect et de ménagements que l'autrui ? Le gilet est tronqué aux entournures afin de légitimer la présence d'une troisième couche destinée à préserver les deux revêtements antérieurs. Chez les gens riches, on trouve quatre couches au lieu de trois. Il est temps que les couches s'arrêtent ; car, chaque revêtement devant encadrer les autres, et, par une progression arithmétique et axiomatique, le contenant étant toujours plus grand que le contenu, un civilisé finirait par ressembler à une maison, ce qui, en France surtout, rendrait l'usage des rues complétement impossible. J'ai oublié de te dire que les civilisés s'entortillaient le cou avec un linge plus ou moins élégant ; quelquefois ce linge est une simple ficelle; d'autres fois, c'est tout une pièce d'étoffe. — L'ampleur de la cravate, — c'est ainsi que s'appelle cette facétie, — est le signe extérieur des inégalités sociales. Plus une cravate est grosse, plus celui qui la porte est élevé en dignité. Il y a même des gens qui mettent de grosses cravates pour s'introduire dans les maisons et capter la confiance des propriétaires. L'usage des cravates vient de ce que les Français sont sujets à une maladie qui laisse au cou des traces horriblement dégoûtantes; et c'est toujours par propreté que les cravates ont été inventées.

Je t'ai parlé du haut ; je vais te parler du bas.

Quoi de plus fait pour la liberté que les jambes? Tu le crois. Eh bien, après tout ce que je t'ai dit, tu ne seras pas étonné d'apprendre que, fidèles à leurs habitudes stupides et dépravées, les civilisés enferment leurs jambes dans des étuis ou gaînes bizarrement appelés pantalons. L'usage du pantalon, par exemple, est si général, si ancré dans les mœurs, qu'un homme qui se présenterait devant ses concitoyens dépourvu de ce vêtement nécessaire serait réputé atteint d'aliénation mentale. Je ne sais même point si la loi ne se chargerait pas d'intervenir, et ne le punirait pas pour offense à la morale et à la pudeur publique. Quelque misérable que l'on soit, il n'est pas permis de ne pas avoir de pantalon. On n'en fournit pas à ceux qui n'en ont

58

pas, mais ils doivent en avoir : Dieu a donné à l'homme la volonté et l'action pour qu'il pût avoir un pantalon. Hors le pantalon, point d'existence légale possible. Le pantalon est la loi de la nature ; le pantalon est le but que l'homme doit proposer à ses efforts. Un monsieur qui s'appelait Jacotot a dit que tout était dans tout ; il s'est trompé. Il aurait dû dire : « Tout est dans le pantalon. » Sans pantalon, rien de possible. Le pantalon est l'alpha et l'oméga, le commencement et la fin de toutes choses. L'enfance finit par une robe ; l'homme sort d'une robe pour entrer dans un pantalon. L'homme finit par un pantalon. Le cadavre commence au linceul. Le pantalon ! mon ami, le pantalon ! ah ! le pantalon, c'est toute la civilisation en raccourci !

Après avoir emprisonné les jambes, les civilisés ont pensé aux pieds ; et ils ont vraiment réussi à les bien tourmenter au moyen de deux engins, dont l'un s'appelle la chaussette et l'autre la botte. La chaussette et la botte, mon cher frère, je ne te souhaite pas de connaître ces deux déplorables inventions. La chaussette est le premier vêtement, la botte est le deuxième et dernier ; exposé aux intempéries des saisons, il ne sert en rien de préservatif contre leurs atteintes : loin de là, il recueille le principe du froid et de l'humide et s'empresse de le transmettre.

Les femmes sont mises absolument comme les hommes. Il leur faut encore mille petits objets

de détail dont je ne t'ai pas parlé, tels que jarre-
tières, peignes, papillotes, etc.... Elles ne portent de pantalons qu'exceptionnellement et
quand elles veulent faire croire à une pudeur
qu'elles n'ont pas.

Telles sont, mon cher frère, les nécessités du
seul costume ! Tu vois que de choses il faut à un
civilisé !

Le vol revêt mille formes et emploie mille
moyens. Il y a autant de manières de voler qu'il
y a de manières d'exposer à la tentation ou de
serrer un objet valant la peine d'être volé ; car
le civilisé vit dans une telle défiance du voleur,
qu'il n'ose pas faire un pas sans barricader ses
possessions. Moi, je n'ai pu me faire encore à
ces craintes, et je dors sans fermer ma porte ;
ce qui m'a valu beaucoup de compliments de la
part des gens de l'hôtel.

Adieu, mon cher frère. Je m'aperçois que je
t'ai écrit une longue lettre sans te parler de ma
position ; ce sera pour une autre fois.

Prince Hexnoneh.

Que devient ma chère Ertellah ?

60

X

Mon cher frère,

J'avais la tête si troublée la dernière fois que je t'ai écrit, que je ne t'ai pas dit un mot de ce qui faisait précisément l'objet de ma lettre.

Oui, mon cher frère, je suis occupé, et fort occupé.

J'attendis mes bagages pendant quatre jours avec une excessive placidité; au cinquième jour, je commençai à me désespérer, et le maître de l'hôtel commença à me considérer d'un air narquois. Cependant, comme j'avais l'argent du directeur des théâtres populaires, il ne perdit pas encore toute espèce de respect. D'après son conseil, j'allai faire ma déclaration à la police. Mais que je suis donc sot de te toujours parler de choses que tu ne connais pas ! La police est une congrégation d'individus spécialement chargés de veiller à la bonne harmonie des rapports des hommes entre eux. La police est vigoureuse en ses répressions. Ainsi sont faits les civilisés, que, sans la police, ils s'entre-détruiraient, et qu'il est de bon goût chez eux de professer le plus vif dédain pour cette machine tutélaire. Cela ne les empêche pas de se mettre à plat ventre devant elle quand l'occasion s'en présente. Ils lui baisent les mains dans le tête-à-tête, et n'osent pas la saluer publiquement Encore une anomalie, une bêtise ! est-ce que ces gens-là sont capables d'autre chose? J'allai donc à la police, où je ne fus pas reçu avec ce que l'on pourrait appeler exactement de la déférence. — Quoi qu'il en soit, ma demande fut écoutée avec beaucoup d'attention; mais l'on me prévint que la rencontre de mon voleur était très-difficile, et que, d'ailleurs, en découvrant sa présence, la police pouvait ne pas retrouver la trace des objets volés. Je restai abasourdi ! Conçois-tu que l'on arrête les voleurs, mais que l'on ne s'occupe pas de retrouver les objets volés? Ces civilisés sont étrangement inconséquents. Plus je vais, moins je comprends la supériorité qu'ils se veulent arroger sur nous, sous prétexte que nous sommes de sauvages

62

anthropophages, parce que, pour utiliser les débets de nos haines, nous mangeons nos ennemis.

Rentré à l'hôtel, je reçus la visite du maître d'hôtel, qui me dit qu'il venait, selon l'usage, régler avec moi, et qu'en France les fournisseurs avaient l'habitude de se faire payer tout de suite, sinon d'avance, attendu que donner des délais pouvait paraître un soupçon d'impuissance de payement vis-à-vis du débiteur. Ceci était juste, mais faux, complétement faux. Il semble que la politesse pour un marchand est, au contraire, de vendre à crédit, de ne jamais demander d'argent, et de se contenter de reporter avec soin du recto au verso le total de la dette, principal et intérêts.

Il est bien fâcheux que tu n'aies pas fait comme moi un voyage dans ce pays du hasard. Il est mille choses dont j'ai à te parler et dont je ne te parle pas, parce que cela nécessiterait un glossaire. Par exemple, qu'est-ce qu'un glossaire? C'est un recueil, par ordre analytique, des interprétations diverses auxquelles peuvent donner lieu les sauts et cabrioles de la langue.

Je payai; mais, en payant, je m'aperçus que j'avais fait une rude brèche aux écus du sieur Pierre.

— Si vous n'avez que ça, dit le maître d'hôtel en considérant mon trésor, vous ferez bien de vous choisir un état.

Ces raisons me touchèrent. Je maudis le sort qui me persécutait. Je voulus aussi faire un sacrifice à la déesse Apounah, mais je ne pus m'empêcher de me rire au nez à moi-même en me voyant engagé dans les puérilités de cette cérémonie. Quelques jours se passèrent sans que la police me donnât aucune nouvelle de mes bagages. Tu juges comme je commençai à perdre l'envie de rire. Seul, sans moyen d'existence, sans notoriété reconnue, qu'allais-je devenir au milieu de cette civilisation inhospitalière ? Ajoute à cela que j'ai pris rapidement toutes les habitudes des civilisés, en sorte que je porte chemise, pantalon, bottes, chaussettes, etc., ce qui me crée mille besoins, factices, j'en conviens, mais impérieux.

Sur ces entrefaites, vint le jour de ma première apparition dans un des théâtres populaires. Je me vêtis d'une chemise blanche et d'un habit noir, avec détails analogues à ce luxe de circonstance. Quand j'arrivai à la porte de l'établissement, on me rit au nez et on me soutint que je n'étais pas moi. Je fis appeler le directeur. En me voyant, il faillit tomber à la renverse,

— Vous me ruinez ! s'écria-t-il.

— Comment ?

— Vous venez en bourgeois ; qui donc vous regardera ?

Le lendemain, je reçus une assignation.

64

Accompagné d'un avocat, je me rendis au tribunal.

Les juges n'eurent aucun égard à ma triste position.

Et comme notre acte était muet à l'endroit du costume, je fus autorisé à paraître en sauvage, c'est-à-dire nu, dans la loge des princes étrangers.

Je te dirai prochainement les suites de tout ceci.

Adieu, cher frère.

Prince HENNONEH.

Ah ! que j'aime Ertellah !

XI

.

Mon cher frère.

La dernière lettre que je t'ai écrite a dû te
paraître bien enchevêtrée ; il faut attribuer ce
désordre à l'agitation mentale que j'éprouve depuis quelques jours, et il y a de quoi, mon cher
frère. Que suis-je venu chercher ici ? Hélas !
que je voudrais ne jamais avoir quitté la Victorie !

La disparition de mes bagages m'avait vive-
ment affecté ; mais, et cela ne t'étonnera pas,
toi qui connais mon caractère aventureux et
insouciant, j'opposais aux coups de la fortune
la cuirasse impénétrable d'un sang-froid inépui-

sable. Je ne pensais donc plus à l'exiguïté de mes ressources, et je vivais comme par le passé, mangeant et buvant en homme qui apprécie le but des choses et la brièveté de la vie, c'est-à-dire un peu plus qu'il ne m'était simplement possible ; car, en France, la consommation est très-chère ; aussi il n'y a qu'un petit nombre de riches qui mangent, et certaines classes de la société ont réalisé le problème de l'existence spontanée. Un matin, j'étais encore couché, je venais de choisir les onze plats qui devaient former mon premier déjeuner, et, les yeux tournés vers le plafond, je pensais. A quoi ? A Ertellah d'abord, et ensuite à une femme nommée Constance, dont j'avais fait la conquête, la veille, dans un lieu public. Être couché sur le dos, avoir les jambes ouvertes et les talons rapprochés de manière à former un losange ; avoir la tête exactement sur le même plan que le reste du corps, et soutenue sur l'union des mains, c'est une position que je prends souvent, parce qu'elle est compatible avec les habitudes morales, privées, publiques et financières des civilisés, et qu'elle ressemble, bien imparfaitement il est vrai, aux positions favorites du sans-souci de nos usages. Tout à coup, ma rêverie fut interrompue par le bruit d'une porte. C'était le maître d'hôtel qui entrait. Sans rien me dire, et avant que je lui eusse rien dit, il s'approcha de la cheminée, prit les pincettes, attisa le feu.

et s'allongea dans un fauteuil avec autant de volupté que j'aurais pu en mettre, moi, le maître de la maison.

Je n'osai rien dire, parce que, dans un pays dont on ne connaît les usages et les lois que d'une manière intermittente et incidente, il ne faut pas s'engager à la légère ; mais je ressentis en moi le plus violent désir de jeter l'insolent au feu ou par la fenêtre : les motifs que je viens de te confier m'empêchèrent d'en rien faire. Ah ! mon cher frère, qu'il y en aurait à dire sur le chapitre des secrets motifs, la raison de ceci et de cela ! Ah ! si l'on pouvait lire dans le cœur des amis ou des ennemis, que d'amitiés se rompraient, que de haines s'éteindraient ! Souffleurs et confidents, honnêtes Iagos, vous aussi vous auriez votre tour, vous qui nous faites souvent tant souffrir de vos venimeux et mensongers rapports ! Le mensonge est le salut de l'homme, l'hypocrisie est l'instrument de ses chagrins. Le mensonge est une invention, l'hypocrisie est un déguisement. Il n'y a que les coquins qui puissent gagner à l'hypocrisie ; les honnêtes gens aussi peuvent gagner au mensonge. Voilà l'énorme différence qui existe entre ces deux faits ; mais je suis bien loin du maître de l'hôtel des Princes. Il ne mettait en ce moment ni hypocrisie ni mensonge dans sa conduite, et il agissait avec moi d'une façon tout aussi familière qu'il eût pu le faire avec son égal, c'est-à-dire avec un

68

cuisinier, voire même un marmiton ; car le marmiton est au cuisinier ce que l'enfant est à l'homme, le chrysalidisme par lequel il faut passer. Le chrysalidisme est, après tout, la loi de toutes choses en ce monde : la lune y passe en ses révolutions ; et nous ne savons pas ce que fut le soleil au début de sa carrière, au premier lendemain de la création. Le plaisir et la douleur eux-mêmes sont soumis au chrysalidisme. Souvent le plaisir s'achète par une douleur, et toujours la douleur commence par le plaisir. Dans l'ordre physique, est-ce que le chrysalidisme ne régit point le moindre brin de fil ou de laine ? Depuis l'ensemencement ou la tonte, que d'opérations et de transformations jusqu'au tissage et jusqu'à l'application usuelle ! Et l'application elle-même ne passe-t-elle pas par le chrysalidisme ? Des épaules de la grande dame, l'oripeau descendra jusqu'aux épaules de la gouine ! De vos vieilles robes, mesdames, faites des doublures, épargnez-leur les hontes de la dégénérescence. Il y aurait tout un rapport de trachéotomie sociale à faire des confessions d'un oripeau. Je dis oripeaux avec quelque raison ; car, de tous les objets de toilette, ce sont les plus simples qui descendent le moins.

Une chemise, par exemple, est ce qu'une femme du monde use le plus ; et moins la chemise est belle, plus on met de conscience à l'user. Il en est de cela comme des torchons, qui, quoique étant ce qu'il y a de meilleur marché en fait de lingerie dans une maison, sont toujours ce qu'il y a en plus mauvais état. J'ai dit qu'une chemise était ce que la femme du monde usait le plus complétement, de même la chemise est ce que la gouine achète le moins à la revendeuse. Il ne lui faut que des tire-l'œil et des trompe-l'œil. Quant aux finesses du linge, à la chemise de nuit, elle n'a pas à s'en préoccuper, car ses habitués ne la comprendraient pas.

A propos de quoi t'ai-je parlé de chemises?

Vraiment, je te demande mille pardons de la manière bizarre dont je t'écris: mon style est la fidèle image de la confusion que le spectacle de cette civilisation cocasse a jetée dans mes idées, et je suis bien excusable. Sur la foi de ces Anglais navigateurs qui sont venus nous découvrir et troubler notre paisible existence, j'avais cru trouver chez les civilisés des hommes bien supérieurs à nous, des demi-dieux, si ce n'est des dieux tout entiers. Après une superficielle connaissance, je les ai méprisés du fond du cœur. Et puis, en les étudiant plus intimement, en voyant ce mélange de grandeur et de petitesse, de force et de faiblesse, ces victoires obtenues coup à coup sur la création, et cette soumission à plat ventre aux moindres caprices de la matière; en voyant ces richesses et ces pauvretés, ces codes stupides et ces philosophies sublimes, ces morales si fausses et ces instincts si vrais; en voyant tout ce que j'ai vu, je me suis pris à ne plus savoir si je devais les mépriser ou les admirer !

Il n'y a point de vérité absolue, me dit un philosophe contemporain ; toute médaille a un revers.

L'heure de la poste presse ; adieu, cher frère.

Prince Hennonen.

XII

Mon cher frère,

Décidément, au diable la philosophie ! je n'ai que mépris pour les civilisés en général et les Français en particulier.

Et pourtant... je n'ose t'avouer encore quels liens m'unissent à la France.

Oui, je méprise tous les Français, et je les haïrais si tous les Français ressemblaient au maître de l'hôtel où j'avais bien voulu descendre et où, certes, j'ai largement payé tout ce que j'ai consommé et peut-être un peu aussi tout ce que je n'ai pas consommé. Ce misérable ! tu sais comment il s'était introduit et installé dans

72

ma chambre. Je le regardais, mais sans lui adresser la parole. Lui, de son côté, semblait ne pas plus faire attention à moi que si jamais je n'avais existé. Je suis, après tout, peu sensible aux injures d'un vil industriel ; mais son action était présentement si contraire aux obséquiosités de sa conduite habituelle, que je conçus une crainte vague. J'avais bien raison. Une fois installé dans le fauteuil, il froissa du papier dans ses doigts, prit un charbon dans l'âtre et alluma son papier... C'était un des plus atroces engins d'infection par le moyen du tabac connus dans la pharmacopée civilisée, la cigarette, l'atroce cigarette ! La cigarette, chez moi, dont les nerfs délicats ne peuvent supporter le titillement de cette vaporisation puante ! Il me semble que je payais mon appartement assez cher pour l'exiger sinon parfumé, du moins désinfecté !

Le croirais-tu ? cet outrage me devait faire bondir. Au lieu de bondir, je restai calme et tranquille dans mon lit. Tout en fumant, cet homme se retourna de mon côté.

— Nous dormons bien ? fit-il de sa grosse voix.

— Pas mal, repris-je.

— J'ai besoin de cet appartement pour le célèbre général Nerf-de-Bœuf, qui arrive aujourd'hui ; il est temps que nous en finissions.

— Comment ?

7   75

— Eh ! farceur, croyez-vous que je vous prenne pour le prince Hennonch ? D'abord, le prince Hennonch n'existe pas et n'a jamais existé.

— Malheureux ! vous mentez !

— Allons donc ! je vous ai laissé faire le beau tant que vous avez voulu ; il est temps que cela finisse.

Et il continua ainsi à me larder le cœur, en me contestant mon identité, et en affectant de me croire tout simplement un étudiant parisien qui avait voulu se faufiler dans un monde distingué, et qui n'avait pu légitimer qu'au moyen de l'origine étrangère les vulgarités de son physique : ce qui ne prouve ni en faveur de l'étudiant, ni en faveur de l'étranger. Oh ! le misérable ! plus il avait été plat, plus il se revengeait du temps passé par ses insolences présentes. Dans son délire, il alla jusqu'à me faire entendre que je pouvais bien être un adroit filou, et qu'il se repentait d'avoir exposé si souvent tant d'argenterie à ma tentation. Je n'avais pas à discuter avec cet homme. Ma dignité ne me permettait pas de mendier une hospitalité que je pouvais me procurer partout avec mon argent.

L'argent, mon cher frère, comme chez nous la poigne, l'argent, dis-je, est ici le grand porte-respect devant lequel les têtes se courbent et les choses deviennent possibles. Les rébellions

74

sont rares. Je savais assez de civilisation pour
ne concevoir aucune crainte. Et cependant, en
comptant les débris de mon trésor, je me déso-
lais : dans quelques jours, j'allais me trouver
sans le sou. J'avoue que ceci me préoccupait
fort. Le sieur Pierre m'avait bien fait des pro-
positions nouvelles. Cette fois, il voulait que
je devinsse partie active dans le spectacle. Mais
je ne me cache pas que je suis assez mal jambé, et
peu propre aux tours dits de force qui font les dé-
lices des civilisés. D'ailleurs, j'avais ma dignité
à ménager, et tu comprends qu'il eût été assez
drôle de me voir, moi, prince royal de Victorie,
sautiller sur un pied ou glisser sur la tête,
pour la plus grande joie de ces badauds de
Français ; aussi je refusai avec indignation.

Ah ! pourquoi ai-je quitté la Victorie ? Pourquoi suis-je venu ici ? Enfin, j'y suis, et je ne
dois plus m'occuper que des moyens de quitter
ce déplorable pays.

Je connaissais assez Paris pour trouver un
logement ; mais il m'en coûtait de quitter ce
luxe et ces somptuosités auxquelles je m'étais
habitué, comme on s'habitue à ce qui est bon
et beau. Le luxe consiste principalement dans la
richesse des objets mobiliers. Le luxe dessert
tous les sens, mais principalement deux : le tact
et la vue ; le tact, parce que les doigts aiment
à sentir de préférence des choses molles et
soyeuses, dont la présence est toujours consi-

75

dérée comme un signe non équivoque de luxe. Le tact entre pour trois dixièmes dans l'appréciation du luxe, la vue pour quatre dixièmes. Oui, qu'importe le luxe à un aveugle ? un mur recrépi et une fresque sont mêmes choses pour lui. En fait de pendules, celle qu'il préfère, c'est celle dont le timbre est le plus fort. Rideaux, fauteuils, tentures, les mille et mille riens qui forment le luxe lui sont également indifférents. La part de la vue dans le luxe se prouve par celle du tact. Dans tous les pays, les aveugles aiment à toucher de belles étoffes. La part du tact se prouve par celle de la vue : ce qu'on aime à toucher, on est toujours désireux de le voir. C'est l'histoire de mille choses dans ce monde, de mille et mille circonstances dans la vie. Le luxe, mon cher frère, est la chose du monde à laquelle on s'habitue le plus facilement et dont on se déshabitue le plus difficilement. Un siége dur est une torture pour des membres accoutumés à un siége mou ; des murailles nues sont le plus vilain aspect possible pour des yeux habitués à se mirer dans des glaces ou à se reposer sur ces mariages éclatants de marbre et de couleurs qu'excellent à faire les décorateurs français. Et comment seraient-ils à leur aise sur le carreau, des pieds accoutumés à s'enfoncer jusqu'à l'orteil dans le pelage des tapis de Smyrne? La bonne chère fait partie du luxe, selon quelques-uns. Je ne suis pas de cet avis. La bonne chère peut être un accident, le luxe n'est le luxe qu'à la condition d'être une habitude. En outre, la bonne chère n'est pas inhérente à celui qui en profite. Il y a des pique-assiettes qui font bonne chère aux dépens des autres, et qui sont eux-mêmes dans le plus grand dénûment. On peut dîner à la Maison-d'Or et habiter une mansarde carrelée, dénuée de tout ornement : donc, la bonne chère ne constitue pas le luxe ; le luxe, d'ailleurs, se constitue de mille choses, et point d'une seule. Le luxe, c'est à proprement parler, dans tous les détails de la vie, le plus parfait ménagement possible des jouissances des sens. Il y a cinq sens : le tact, la vue, l'ouïe, l'odorat, le goût. Chacun de ces cinq sens entre pour une fraction dans le luxe. Sept dixièmes, nous avons vu que telle était la part du tact et de la vue ; celle du goût ne doit être évaluée qu'à un dixième. En effet, outre que les jouissances du goût sont essentiellement éventuelles, puisqu'elles peuvent dépendre d'un grain de sel de trop, d'un atome de muscade de moins ou d'une marmite cassée, le goût est soumis à mille hasards ; sa part doit donc être diminuée en raison de son instabilité. Il est encore une autre considération qui confirme ce que j'ai dit. Les mets réputés délicats ne sont pas souvent du goût des riches ; et l'on parle beaucoup en France d'un monsieur fort riche qui avait l'habitude de dîner avec une poule au riz, et qui n'en vivait

7. 77

pas moins au milieu d'un luxe réellement royal. Qu'est-ce que cela prouverait ? que, sur le luxe, je ne dois pas faire la part du goût. Cela serait vrai, si le bon absolu existait; mais le bon absolu n'existe pas plus que le beau absolu, le vrai absolu, ou tout autre absolutisme. Or, pour celui qui aime la soupe aux choux, la soupe aux choux est de l'ambroisie; pour celui qui aime la bière, la bière est du nectar : donc, l'absorption du mets le plus grossier peut être une jouissance du goût, une recherche du luxe; donc, j'ai lieu de faire entrer pour quelque chose le goût dans le luxe. Quant à l'odorat, c'est différent ; sa part doit être bien plus considérable. Sans doute, il y a des gens qui n'aiment pas les parfums, mais l'absence d'odeurs est pour eux un parfum. Au lieu d'être chatouillé par une affirmation, leur odorat est chatouillé par une négation. Peu importe, c'est toujours un chatouillement ; aussi, je ne crois pas me tromper en portant à trois vingtièmes la part du luxe. Il reste un vingtième pour l'ouïe ; et, en effet, l'assourdissement des sons est pour quelque chose dans le luxe, mais pour si peu de chose, que la plupart des hommes ne s'en doutent pas.

Tact.	.	.	.	.	6/20
Vue.	.	.	.	.	8/20
Goût.	.	.	.	.	2/20
Odorat.	.	.	.	.	3/20
Ouïe.	.	.	.	.	1/20

Total. . . . Luxe.

Voilà donc ce que c'est que le luxe !

Tu vois, mon cher frère, que cela vaut la peine qu'on y pense.

Ertellah ! Ertellah ! ah ! hélas !

Prince HENNONEH.

XIII

.

Mon cher frère,

Je t'ai dit dans ma dernière lettre un mot auquel tu n'as dû rien comprendre : c'est le mot *glace*. N'écoute pas le missionnaire anglais; il te dira sans doute que la glace est un liquide solidifié par l'action astringente du froid. Il est une autre glace, qui est quelque chose de merveilleux, en ce sens qu'elle a la puissance de doubler les hommes et les choses. Oui, mon cher, d'un elle fait deux, mais deux avec une ressemblance si parfaite, une identité si remarquable, qu'il est impossible de distinguer le produit du

80

type. Tu ne t'es jamais vu le front, n'est-ce pas?
Eh bien, figure-toi qu'au moyen d'une glace, tu
aurais pu te voir le front. Ce n'est pas tout : ton
front sera reproduit avec ses circonstances, dé-
pendances et signes caractéristiques. Pour ma
part, quoique j'aie, au témoignage de tout le
monde, un esprit vif et pénétrant, je ne puis
rien comprendre à ce fait réellement merveilleux en lui-même. Il n'y a cependant, dit-on,
rien de surnaturel dans ce phénomène. Les glaces se fabriquent avec autant de facilité que
nous fabriquons le sirop d'igname pour la nuit
des noces. On en vend partout ; on en fabrique
partout, et tout le monde en a. Il faut te dire
qu'il y en a de toutes les grandeurs ; et j'en ai vu
à la plus puissante fabrique du monde civilisé, à
Saint-Gobain, qui valaient dix-huit mille francs ;
et tout à côté, j'en ai vu, et en plus grand nombre, qui ne valaient que quatre sous. De dix-huit
mille francs à quatre sous, on pourrait, par franc,
sou et centime, graduer la valeur des glaces.
On pourrait même en faire qui coûteraient plus
de dix-huit mille francs. Du reste, c'est bien simple, le prix varie suivant la grandeur. A tes
yeux, les glaces, avec leur puissance de re-
production, ne paraîtront qu'un simple phénomène, une distraction, un amusement. Si tu
connaissais la civilisation, tu saurais que les
glaces sont des objets d'utilité, et tu vas comprendre pourquoi. En dépit de ses philosophies,

81

la civilisation est le triomphe des apparences. Tout se fait, se conduit, se gouverne par les apparences; pourvu que les apparences y soient, peu importe le fond. Et je crois que les neveux trouveraient moyen de tuer leurs oncles par un simple serrement de main, que l'impunité leur serait accordée. Grandes et petites, toutes choses sont soumises à la loi des apparences. Tu ne sais pas de quelle importance peut être l'inclinaison d'un chapeau, quelle importance peut avoir la place d'une mèche de cheveux, la longueur de la barbe ou des moustaches, la convenance d'un col ou d'une cravate. Or, mon frère, ici comme chez nous, il n'y a de solide et de fidèle que la matière, et partout je préférerai une arme à une affection. Il n'y a pas de dévouement qui ne se lasse, il n'y a pas de cœur qui ne soit corruptible. Et quand d'un détail important de composition et de toilette, qui n'est pas justiciable des yeux de la victime, peut dépendre quelque chose de grave, il serait imprudent de s'en rapporter à un témoignage qui peut être gagné aux intérêts de la partie adverse ; il le fallait pourtant; il le fallut, jusqu'à ce que l'homme eût trouvé ce qu'il cherchait, sans le savoir, un conseiller tout matériel, une impossibilité de corruption. Les glaces sont, avant tout, un objet d'utilité. On en a fait un objet de luxe, une superfluité aux yeux des gens superficiels. D'abord, parce qu'elles coûtent cher; ensuite, parce qu'elles sont devenues particulièrement chères aux femmes. La protection des femmes leur a nui dans l'esprit des hommes. Je ne crois pas que les hommes soient jaloux des glaces. Cependant, il est des femmes qui aiment bien à se regarder, à se mirer ; et elles sont si jolies, qu'elles seraient excusables d'aimer ce verre, qui est un instant leur image. Mais la jalousie n'est pour rien dans ce manque de respect des hommes à l'endroit des glaces. Les civilisés aiment beaucoup les femmes ; pour elles, on voit les jeunes gens se condamner à une vieillesse prématurée par le mariage ; pour elles, on voit les vieillards faire plus de folies encore que les jeunes gens. Malgré cet amour pour les femmes, malgré cette idolâtrie, je puis le dire, les civilisés considèrent les femmes comme une infériorité. Cet absurde préjugé est consacré par les lois et les usages ; aussi, toutes les affections de la femme sont réputées indignes de l'homme. Le favoritisme dans lequel se trouvaient les glaces auprès de la femme, devait nécessairement suffire à les déconsidérer aux yeux de l'homme. Les glaces ne furent plus pour lui que des futilités, des jouets féminins ; et cependant, c'étaient bien réellement des objets d'utilité ; je dirai même, dans certains cas, pour les hommes politiques, par exemple, et pour les femmes qui ont besoin de ne pas paraître chiffonnées aux yeux de monsieur, — je dirai

85

même des objets de première nécessité. Il est fort peu de personnes qui considèrent les glaces à ce point de vue observateur et réaliste ; il est peu de personnes qui sachent ce que c'est que réfléchir !

Voilà du papier que je perds à sortir du récit que je voulais te faire des aventures déplorables qui me sont arrivées. Je voudrais bien me défaire de cette déplorable manie de toujours excursionner hors de mon sujet ; mais il faudrait complétement changer de caractère pour arriver à ce résultat : car, en tout et pour tout, j'ai toujours péché par la fantaisie, et ma présence au milieu des civilisés en est une flagrante preuve. A propos de fantaisie, j'ai commis ici de singulières méprises. Je voudrais pouvoir me promener sur la tête et m'asseoir sur le nez ; porter un habit voyant comme le soleil, galonné avec des rubans de nuit sans lune ; être coiffé d'un chapeau haut comme une cathédrale (je te dirai ce que c'est) et bruissant comme le tonnerre ; être chaussé de bottes montées sur des mâts de vaisseau de haut bord, avec des semelles de dentelles, crépitantes comme une halle qui croulerait. Voilà ce que j'appelle de la fantaisie. En arrivant à Paris, j'entendis beaucoup parler de la fantaisie et des fantaisistes; c'est ainsi que s'appellent ceux qui prétendent ne sacrifier qu'à la fantaisie. J'appris que cette fantaisie s'appliquait spécialement à la littérature. — La littérature, c'est l'ensemble de toutes les balivernes grossoyées par les écrivains publics et autres. — Je demandai tout de suite que l'on me présentât un fantaisiste. En cherchant dans la cité, on finit par trouver, dînant comme un bourgeois ou un provincial, à la Maison-d'Or, un jeune fantaisiste dont le nom ne m'est pas présent à la mémoire. La belle fantaisie que de dîner où l'on est bien et où l'on dîne bien ! La belle fantaisie que de s'asseoir au même banquet que tous les crétinismes enrichis ! On n'eut pas de peine à amener le jeune fantaisiste du petit salon de la Maison-d'Or à la table d'hôte de l'hôtel des Princes : les deux cuisines se valent, les deux élégances se compensent. Ce jeune homme avait un chapeau noir fait à la dernière mode ; la belle fantaisie que d'avoir un chapeau comme tout le monde ! Il avait un habit noir d'une coupe satisfaisante, et parfaitement semblable à un habit que j'avais vu le matin dans la montre d'un magasin ; son pantalon, son gilet, ses bottines, ne portaient la trace d'aucune excentricité. Il avait en tout l'air d'un épicier qui serait jeune et riche. Quant à sa figure, elle n'avait rien de volcanique ; la lèvre supérieure était velue d'un léger duvet, la bouche était rose et souriante, les joues pleines et légèrement colorées, les yeux bleus et doux, le front uni et tranquille, les cheveux blonds et coupés comme tous les coiffeurs les coupent ; ses cheveux étaient frisés, selon lui, par la nature, et, selon la chronique indiscrète, par une nature patentée qui demeure place de la Madeleine. En tout, c'était un fort joli garçon. Il y avait dans son regard beaucoup de tendresse, mais rien de ce qui doit être la fantaisie ; cette fantaisie gigantesque que je sens bouillonner dans mou cerveau, et dont les moindres caprices sont immenses comme la lame qui suffirait à inonder toute une flotte. La conversation du fantaisiste n'eut rien de plus extraordinaire que son extérieur. Il parla de madame Doche, de mesdemoiselles Figeac, Page, etc., comme pourrait le faire un vieil habitué des orchestres du Vaudeville et des Variétés, ex-colonel ou chef d'escadron des hussards ou des grenadiers de la garde royale. Il parla musique comme un classique, et mit le drapeau du romantisme dans sa poche à propos des Funambules. Il va se promener aux Champs-Élysées comme un jeune homme qui poserait pour le respect de tous les vieux usages, et il irait jusqu'au Bois s'il avait chevaux et voitures. Il a besoin d'être assis au spectacle comme un droguiste de la rue des Lombards. Il a peur de se griser et boit comme un sansonnet. Il a des prétentions à la noblesse de naissance. Toute sa fantaisie consiste à assembler des mots cocasses dans des idées drolatiques. Il a encore une autre fantaisie, c'est de concevoir des passions exotiques qui durent .

86

juste autant que la fraîcheur d'une rose. Tous les jeunes gens en font autant. Il a aussi beaucoup de défauts, et entre autres celui de s'obstiner à ne pas payer madame Barthélemy, propriétaire, rue de Clichy, 49; mais qui est-ce qui n'a pas de défauts? Qui est-ce qui n'a pas une madame Barthélemy sur sa route? Tel est Adolphe Gaïffe. — Je viens de me rappeler son nom. — Un prétendu fantaisiste. Il s'habille, il mange, boit, fume, marche et agit comme tout le monde, et il appelle cela être fantaisiste; mais, à ce compte, le premier organe de la fantaisie serait le cours de la Bourse de Chollet ou de Bresson!

Adieu, mon cher frère; bien des baisers à mon Ertellah; souviens-toi que c'est l'amante de ton frère.

Prince Hennoneh.

XIV

Mon cher frère,

Trêve de digressions : cette fois-ci, je te veux raconter mes aventures et pas autre chose. Me voilà en quête d'un logement. Il faisait beau ; je marchai assez longtemps, regardant les femmes que je coudoyais intentionnellement de ci et de là, et lorgnant attentivement celles qui passaient trop loin pour que je les coudoyasse.—Tu trouveras souvent chez moi de ces terminaisons en *asse* ; quelque désagréables qu'elles puissent être à ton oreille, elles ne te seront jamais aussi antipathiques qu'à moi. Mais on est forcé de s'en servir en certains cas : la grammaire le

88

veut, et on ne discute pas une autorité de cette nature. La grammaire est un mythe; mais c'est par cela même qu'on ne l'a jamais vue qu'elle a plus de puissance. Je t'expliquerai une autre fois cette énigme. Ces terminaisons en *asse* me sont particulièrement fâcheuses. Du reste, elles n'ont rien d'essentiellement français. Toutes les langues, dans des circonstances identiques, ont leur terminaison en *asse;* souvent la consonnance n'est pas la même; mais, pour être différente, elle n'en est pas moins regrettable pour les oreilles.

C'est un grand plaisir dans la rue que de rencontrer des femmes, qu'elles soient vertueuses ou qu'elles ne le soient pas. Il y a deux sortes de femmes vertueuses : les femmes vertueuses de propos délibéré, et les femmes vertueuses sans parti pris. Les femmes vertueuses de propos délibéré ont quelquefois, pour être vertueuses, les motifs les plus excentriques et les moins vertueux par eux-mêmes; ce qui prouve qu'il n'y a rien d'absolu, non, rien, pas même la logique. Ces femmes-là se laissent regarder, elles ont sur les lèvres toute une nichée de sourires agaçants et de regards assurés qui semblent chanter : « J'ai du bon tabac dans ma tabatière, mais ce n'est pas pour ton fichu nez. » Les femmes vertueuses sans parti pris sont vertueuses parce qu'on leur a dit de l'être, et que jamais personne n'a tenté de les convaincre de l'inutilité de l'observance de cette prescription ; ce n'est pas qu'elles ne soient pas jolies, mais c'est que leur heure n'est pas encore venue. Patience! Ces femmes d'une vertu d'attente regardent pour voir si on les regarde, pour s'assurer si elles ont à rougir d'une insulte. Les femmes pas du tout vertueuses sont encore plus amusantes à rencontrer. C'est là qu'il y aurait des variétés à décrire ! mais c'est ici que je retomberais plus que jamais dans le péché dont j'ai promis de me corriger, dans la digression. Je t'écrirai plusieurs lettres consacrées spécialement à la dissection des femmes non vertueuses.

Tout en marchant, tout en lorgnant, tout en fumant, — car je fume : il n'y a que les domestiques de bonne maison qui ne fument pas, et je ne voulais point passer aux yeux de ceux que je rencontrais, et surtout des femmes auxquelles je pouvais trouver l'occasion d'offrir mon bras, pour un domestique de bonne maison, — tout en fumant, dis-je, j'arrivai dans une rue assez belle, qu'on appelle la rue Laffitte. A droite, un écriteau jaune frappa mes yeux. Les civilisés logent dans des amas de pierres espacées de façon à former des nids plus ou moins grands, appelés en général pièces, et, en particulier, vestibule, antichambre, salle à manger, salon, bibliothèque, galerie, cabinet, cabinet de toilette, corridor, couloir, cuisine, office, garde-manger, cellier, cave, grenier, écurie, remise, sellerie.

chambre d'amis, lieux à l'anglaise, etc., suivant l'usage auquel elles servent. Les Français habitent toujours des maisons qui ne leur appartiennent pas. Ceux qui possèdent des maisons ne les habitent pas. C'est, je crois, à cause des portiers ; et voici comment je m'explique la chose : le portier est le représentant du propriétaire, et le représentant de l'àpreté personnelle au gain ; d'où le portier est l'ennemi du locataire, qu'il pressure ; mais, pour se mettre à l'abri des rancunes du locataire, il a soin de servir avec férocité les intérêts du propriétaire, qui, de son côté, a besoin de ce policier infime et intime.

Or, si le propriétaire habitait sa maison, vexé comme locataire par son portier, il se verrait obligé de faire cause commune avec ses locataires ; et, en déconsidérant son représentant par la répression, en affaiblissant son autorité par la réprimande, en le désarmant de sa force principale, le prestige, il arriverait à se déconsidérer et à s'affaiblir lui-même. Il ne faut pas que l'autorité puisse avoir tort. La femme de César ne doit pas même être soupçonnée, et il faut laver son linge sale en famille. Ce sont là des axiomes de théorie gouvernementale. Lecteurs assidus d'un journal quotidien et politique, les propriétaires n'ignorent pas cette grande vérité.

Chez les civilisés, et surtout en France, les maisons sont composées de plusieurs couches de maisons superposées les unes sur les autres comme des tranches d'igname, quand nous faisons un tchaô-tai. Peu de Français louent une maison tout entière; les gens riches louent une couche. Pour avertir qu'il y a dans leur maison une ou plusieurs couches à louer, les propriétaires ont l'habitude d'attacher au-dessus de la porte, et quelquefois à l'une des fenêtres de la première couche, de façon à ce qu'il soit complétement invisible, un écriteau annonçant l'appartement à louer. — L'appartement est la couche ou la fraction de couche prédestinée à la location par les décrets du propriétaire. — Les gens qui ont besoin de louer un appartement savent où perchent les écriteaux, et ont soin de marcher dans la rue les yeux complétement tournés vers le ciel, ce qui leur permet de tomber dans le ruisseau : circonstance assez désagréable, car les ruisseaux sont faits aujourd'hui de manière à ce qu'il n'est guère possible d'y tomber sans se casser la jambe ; mais ce n'est rien, quand on pense qu'on ne s'y mouille plus. Il arrive souvent que les propriétaires garnissent leurs appartements de meubles ; cela s'appelle des appartements meublés. Les étrangers et les gens qui n'ont pas de meubles font usage de ce mode de location. Pour éviter à ceux qui cherchent la peine de venir demander des renseignements au portier, ou plutôt pour éviter aux portiers la peine de donner des renseignements, il a été tacitement convenu entre

92

les intéressés que, vu l'impossibilité de lire les écriteaux en raison de la hauteur de leur suspension, les écriteaux pour appartements meublés seraient sur papier jaune, et ceux pour simples appartements sur papier blanc. On a dû s'occuper de savoir pourquoi les portiers avaient choisi la couleur jaune. Quelques-uns prétendent que c'est en raison de la couleur la plus ordinaire des affiches, d'autres disent que le hasard a seul inspiré la décision du conseil des portiers; d'autres, puisant leurs arguments dans la partie physique de la question, mettent en avant la solidité spécifique de la couleur jaune; enfin, d'autres, plus savants et plus profonds, appliquant la méthode philosophique à l'étude de cette question purement de curiosité, sont arrivés, il me semble, à la vérité. Les appartements meublés sont très-commodes pour dépister les recherches d'un mari, et peuvent être, par conséquent, considérés comme terrain de manœuvre réservé aux amours; voilà pourquoi ces épigrammatiques portiers ont décidé que les appartements meublés seraient annoncés sur papier jaune. Ne te paraît-il pas, comme à moi, que c'est là l'explication vraie?

Adieu, cher frère. Mille souvenirs à Ertellah.

Prince HENNONEH.

XV

Mon cher frère,

C'était le premier écriteau jaune que je rencontrais. Tu connais mon caractère : je ne ferais pas dix pas pour une chose utile, mais j'en
ferais cent pour une futilité. Aussi je me repro-
chais déjà d'avoir tant marché pour chercher
un appartement. J'entrai donc dans la maison
à l'écriteau, avec la ferme intention de ne pas
aller plus loin.

Déjà, dans mes lettres, je t'ai parlé des portiers, mais jamais je ne t'ai dit ce que c'était
qu'un portier.

Le portier est toujours âgé de cinquante ans;

94

à l'état civil il peut bien avoir plus ou moins, mais pour le public il n'a jamais que cet âge. Il est gras ou maigre, plus souvent maigre que gras. Il a les cheveux gris, mais ce fait tient à son âge. Il porte quelquefois des lunettes; le plus souvent il n'en porte pas. Le matin, il aime à boire la goutte et à réitérer fréquemment dans la journée, tantôt pour faire, tantôt pour rendre une politesse; tantôt avec le domestique, tantôt avec le locataire familier par position, et souvent pour les besoins de la cause; tantôt chez le marchand de vin, tantôt chez l'épicier ; mais il ne se grise que rarement, et, quand il est gris, il dort jusqu'à ce qu'il soit dégrisé : quand il est dégrisé, il se relève, demande une soupe à l'oignon, et, tandis qu'elle se fait, il va prendre un petit verre, parce qu'il a l'estomac fatigué. Le portier a toujours une femme, à moins qu'il ne soit veuf depuis huit jours, et, en ce cas, il aurait une femme de ménage. Le portier est marié par nécessité, car, sans cette condition, son métier serait impraticable. Voici, en effet, en quoi consiste l'état de portier. Je t'ai dit que les maisons se composaient de plusieurs couches ou appartements. Pour arriver à chacune de ces couches, on dispose d'une manière assez ingénieuse des plans inclinés qui servent à communiquer d'une couche à l'autre. Un escalier, — c'est ainsi que s'appellent ces combinaisons de plans inclinés, — est un lieu de passage d'autant plus fréquenté que la maison est plus grande, et par conséquent il exige un entretien très-minutieux pour rester dans des conditions de propreté, d'élégance et de luxe. Le portier est chargé de nettoyer l'escalier ; il est aussi chargé de balayer la cour, de recevoir les loyers, de montrer les appartements, de rendre dans la maison tous les services possibles, de faire les commissions du propriétaire, et en même temps de résider dans une cage généralement infecte et close, appelée *loge* dans le langage usuel. Là il est obligé de se tenir pour recevoir les lettres, répondre à tous ceux qui lui demandent des renseignements sur ses locataires, demander à tous ceux qui entrent où ils vont, épier M. un tel et madame une telle, et causer avec les allants et les venants, avec les passants si les passants voulaient causer. Voilà en quoi consistent les fonctions du portier. Le portier a aussi pour spécialité de représenter le propriétaire, d'empêcher que l'on ne joue du cor de chasse après minuit, et que l'on ne déménage sans payer les loyers. C'est déjà un motif pour qu'il soit haï de tout le monde. De plus, il a le privilége exclusif de toutes les commissions désagréables et de la poursuite des chiens et des chats.

Le portier est la bête noire des locataires et des voleurs. Un fait remarquable, c'est que le portier est surtout et particulièrement haï de ceux qui n'ont point d'habitation, ou qui habitent des maisons sans portiers. Il est d'usage dans un certain monde de tourner le portier en ridicule, d'en faire le bouc émissaire de toutes les plaisanteries et de toutes les charges. Et cependant, jeunes gens, qui est-ce qui vous défend contre vos créanciers? Le portier. Que d'heures tranquilles vous lui devez, et la belle somme que cela ferait si vous le payiez comme un cocher de fiacre! Outre qu'elle n'est pas neuve, la charge du portier est stupide. Il n'est pas de fonctions aussi graves que les siennes, et il n'est pas de corporation qui fournisse moins de criminels que celle des portiers. Quel éloge plus flatteur pourrait-on faire de la moralité de cette fraction de la population? Et cependant que ne peut un portier? Avec son inquisition nécessaire et son tout-puissant cordon, que ne peut un portier? Il est au fait des habitudes, des manies, des moindres détails de la vie, des ressources, des entrées, des sorties de ses locataires; il connaît le faible de telle ou telle serrure: voler, assassiner, tout lui est possible; honneur à ceux qui ne cèdent point à de pareilles tentations! Bien des honnêtes gens n'agiraient peut-être pas ainsi, s'ils avaient de telles facilités. Il n'y a pas de portier qui ne mérite par cela même le prix Monthyon; car il n'est pas de portier qui n'ait pu faire sa fortune par le crime, et avec quatre-vingt dix-neuf pour cent de chan-

ces d'impunité. Du reste, fort à la mode pendant
un certain temps, le mépris du portier n'est plus
porté que parmi les artistes ou les amis des artistes, qui tiennent à s'encanailler de tous les
préjugés de leurs amis. Entre les portiers et les
artistes, c'est une guerre effroyable, qui ne s'ar-
rêtera que quand la galerie n'applaudira plus, et
surtout quand les artistes auront de quoi payer
leurs termes, quand ils n'oublieront plus de rem-
bourser leurs lettres et autres menues babioles
que le portier est tenu d'avancer. Entre les artistes
et les portiers, la question est toute personnelle.
Les artistes se vengent des régularités arithmé-
tiques du portier par des quolibets et des mys-
tifications. Le portier, plus humain, est toujours
disposé à rendre le bien pour le mal. Et pour
peu qu'on lui solde sa note, il ne demande pas
mieux que de la recommencer.

Le portier se lève matin et se couche tard, et
il est fréquemment réveillé dans la nuit par
des locataires attardés.

Le portier peut avoir un état, car rarement
les émoluments de sa porte lui suffiraient à lui
et à sa femme. Du reste, cela varie suivant les
quartiers et les maisons. Il est de vastes maisons
où les fonctions de portier sont une espèce
d'intendance ; dans ces maisons-là, le portier ne
pourrait pas enfiler trois perles dans la journée.
Il en est aussi dans les quartiers neufs, où l'on
ne permet pas au concierge d'exercer un état.

Il est vrai que l'état généralement exercé par les portiers n'a rien de gracieux : ils sont savetiers ou tailleurs, c'est-à-dire qu'ils raccommodent les chaussures et les habits, deux professions qui traînent habituellement la guenille.

Adieu, mon cher frère. Je n'ai pas le temps de t'en écrire davantage. Que devient Ertellah ?

, Prince HENNONEH.

XVI

Mon cher frère,

Je ne t'ai pas fini la psychologie du portier.
Je continue, car ce sujet en vaut bien un
autre.

Le portier n'est pas voleur ; hors celle-là, il
n'est dans son cœur aucune espèce de probité.
Maris qui trompent leurs femmes, femmes qui
trompent leurs maris, enfants qui trompent
leurs parents, domestiques qui trompent leurs
maîtres, amants qui trompent leurs maîtresses,
maîtresses qui trompent leurs amants, tous les
genres de tromperie, quand ils ont l'amour
pour prétexte, sont sûrs de trouver auprès

de lui aide et protection ; et, ce qu'il y a de merveilleux, la plus inébranlable discrétion, la chose la plus difficile à obtenir, surtout d'un portier.

En général, le portier a été militaire, et il a rapporté du régiment un chauvinisme dans les idées qui s'entretient quotidiennement chez le marchand de vin. En politique, le portier pense juste comme le journal d'un de ses locataires, celui qui a le plus long feuilleton, — ou le *Charivari*, quand le *Charivari* est reçu par hasard dans la maison. — Le portier sait par cœur les discours de M. Odilon Barrot, et il a souscrit à une édition populaire de l'*Histoire de France* d'Anquetil. Il professe la plus grande haine pour Abd-el-Kader, et le plus profond mépris pour le gouvernement anglais. Il traite l'empereur de Russie, le roi de Prusse et l'empereur d'Autriche de caporaux d'ordinaire. Il est persuadé que la France est une grande araignée qui n'a qu'à s'étirer les pattes pour gober le monde. Il a toutes sortes d'idées bouffonnes sur le choléra, sur les pommes de terre que l'on fait frire dans de la graisse de pendu, sur la teinture des Gobelins que l'on extrait des condamnés à mort, sur le maniement des fonds publics, sur les appointements des sergents de ville et les appétits des gendarmes ; il soupçonne tout et tous, mais il croit pur le lait falsifié qu'il achète au coin de la rue. Il prétend que la vaccine a été inventée par les Anglais pour dépeupler la France ; il a peur des courants d'air et du brouillard le matin. Il prétend que l'on guérit de la fièvre avec du café, et du rhume avec du punch. Il assure que l'eau-de-vie est la santé du corps, et il a bien d'autres lubies médicales et hygiéniques. On peut même dire qu'il n'a que des lubies. Il est incapable d'avoir une idée juste, une opinion raisonnable.

La portière a précisément des opinions contraires à celles du portier. Elle a les mêmes instincts que ceux de son mari, et, avant tout, cet instinct particulier aux individus mi-partis aisés de la classe populaire : la gourmandise tempérée par l'intérêt ; — l'intérêt surexcité par la cupidité. La portière croit que le café au lait creuse ; mais elle a mauvaise opinion du petit verre, car elle n'en boit que dans le cas d'extrême vieillesse ou d'infinie dégradation. Elle ne croit guère en Dieu, mais elle croit beaucoup aux saints. Elle est hargneuse, bruyante et colère ; aussi son mari la bat souvent, mais elle s'en venge lorsqu'il est affaissé sous le poids de ses libations. Complaisante et serviable à tant la complaisance et le service, elle entreprend à des prix modérés la réussite des amours, et ne craint pas de joindre les paroles aux actes quand l'objectif est rebelle au subjectif. Elle a des arguments d'une étrange

102

puissance, mais d'un cynisme révoltant. Peu soucieuse des serments qu'elle a faits jadis par-devant M. le maire, elle n'a pas le moindre respect pour son mari, qu'elle traite publiquement d'ivrogne. Il est vrai que son mari ne la traite pas mieux, et qu'il va jusqu'à sacrifier sur le comptoir du marchand de vin cette partie de leur réputation qui est le bien le plus cher aux femmes. Ennemis jurés, le portier et la portière ne se réconcilient que pour le plus grand tourment des locataires; leur querelle recommence quand il s'agit de partager le produit de la vexation. La portière a lu *Monte-Christo*, les *Mousquetaires* et le *Juif Errant*. Elle attribue ces trois romans à M. Scribe, qui lui paraît le plus grand écrivain possible. C'est, en effet, le seul qu'elle comprenne. En général, elle est sale ou, sinon sale, du moins d'une propreté peu rigoureuse. Elle a les cheveux gris, descendus sur les joues en forme de tire-bouchon. Cette décoration ne suffit pas à l'embellir; elle met un bonnet rose. Il n'y a que les portières de monuments publics qui se permettent le chapeau. La portière est gourmande et friande en même temps; elle aime les petites ordures, les rognons sautés, les cervelles de veau et autres infamies. Rarement la portière a des enfants. Cuisinière, et fille garantie par M. le maire jusqu'à un âge raisonnable, elle avait amassé quelques économies, lorsqu'elle eut la bêtise d'écouter les discours d'un ex-soldat de l'armée d'Afrique, chassé de son corps, qui, une fois devenu son mari, a mangé tout ce qu'elle avait, en parlant beaucoup d'honneur et en se conduisant comme un gredin qu'il était, le brave soudard! Si la portière avait des enfants, ils seraient laids, sales, désagréables et bruyants, tous les défauts de leur mère unis à ceux de leur père.

Mais il faut que je sorte, j'ai un rendez-vous très-pressé.

Tout à toi,

Prince Hennoneh.

P. S. — Ah! Ertellah !

XVII

Mon cher frère,

Quelle est la plus belle couleur? Le vert, n'est-ce pas? le vert, la couleur des feuilles et des herbes. Sur la palette de l'infini, la création avait à choisir les couleurs de sa toilette; elle a préféré le vert : donc le vert est la plus belle couleur. Sa délicatesse et sa fragilité, d'ailleurs, prouveraient encore en sa faveur; car si le vert ne peut supporter la lumière, c'est que la création n'a pas voulu que son favori pût servir de réflecteur aux rayons des quinquets, rivaux de son soleil. Dans la décomposition du vert par la lumière, il est encore un autre enseignement :

105

c'est que, si la nuit le vert quitte la terre et se fait remplacer par le bleu, c'est pour aller colorer les mondes de l'infini. Les Français ne comprennent pas cette suprématie du vert; chez eux, le vert est une couleur honnie : c'est celle des eaux stagnantes et des corruptions; comme si cette circonstance, que presque toutes choses sont amenées, par la décomposition, à la couleur verte, n'était pas une preuve que le vert est la couleur première, le roi des couleurs. Pour en revenir aux civilisés, ils ont le vert en grand mépris. Dire d'un monsieur qu'il porte des lunettes vertes, c'est lui ôter toute possibilité de se marier. Les femmes tiennent énormément à ce que leurs maris n'aient pas de lunettes vertes. Un amant pourvu de lunettes vertes serait à mettre sous cloche, comme rareté. Dire d'une femme qu'elle est verte est également peu flatteur. Et cependant, pour une femme, quoi de plus flatteur que de ressembler à un lis, à une violette ou à toute autre fleur? et depuis quand les fleurs ne s'épanouissent-elles pas sur un fond vert? Ce n'était pas tout que d'insulter le vert d'une manière négative, les Français en sont arrivés à faire au vert des injures affirmatives. C'est, selon eux, la plus malpropre des couleurs. Comme les habitations sont très-compliquées, il y a des gens qui font profession de dire aux ouvriers : «Tel bois doit être placé là et telle pierre ici.» On les appelle archi-

tectes. Le talent d'un architecte ne consiste ni
dans l'élégance de la construction, ni dans la
plus grande économie possible de matériaux et
de main-d'œuvre. L'architecture est l'art des
encoignures. Étant donné un alignement, sans
déranger d'une ligne cet alignement, sans rentrer ni sortir, multiplier les coins le long de la
façade d'une maison, voilà ce que propriétaires,
locataires et passants demandent à l'architecte.
Plus un architecte peut faire de coins, plus il
acquiert de réputation. Tu te demandes pourquoi faire ces petits coins ? Je conçois ta curiosité ; je ne te la reproche pas, puisque c'est moi
qui l'ai surexcitée; mais je suis bien embarrassé
pour la satisfaire. Le Français éprouve souvent
des besoins naturels, mais exigeants. Ces petits
coins sont des espèces de cellules de repos, dont
la jouissance gratuite est accordée au public.
Eh bien, ce sont ces encoignures que les Français couvrent d'un revêtement peint en vert !
Et ce n'est point hasard ou caprice ! tous ces
petits coins sont peints en vert, tous sans exception. Je sais bien que l'on pourrait dire qu'en
donnant à ces sortes de retraits un revêtement
peint en vert, les Français ont voulu compenser
par les plaisirs de la vue les souffrances de l'o-
dorat, et rendre ainsi au vert un hommage écla-
tant.

Je connais assez les habitants de Paris pour
ne les pas croire capables de cette prévision et

107

de ce raisonnement. Dans les choses de la vie, les civilisés ne procèdent jamais par les contrastes; et je le dis avec l'orgueil d'un sauvage qui se voit supérieur à la civilisation, les civilisés ne procèdent en rien ni pour rien : ils agissent, mais ils ne procèdent pas, car ils n'ont ni législation, ni gendarmerie intérieure; je m'explique : ni règle de conduite, ni examen de conscience. Le meilleur principe est de n'en pas avoir du tout. Par législation, j'entends un but; par gendarmerie, une logique. Je dis une logique, et non pas la logique ; car une logique, quelle qu'elle soit, vaut toujours mieux que rien, et une logique fausse n'est, après tout, qu'un demi-mal.

Ces petits coins dont je t'ai parlé sont très-fréquentés par le meilleur monde : on y voit établis tour à tour et le prince et le portefaix, et le gentleman et le poëte misérable; il y en a en face de la Maison-d'Or et à la porte des plus infimes cabarets. Il n'y a que les enfants qui n'en usent pas : ils préfèrent ne pas aller plus loin qu'eux-mêmes et cherchent à se faire un bain dans leur pantalon. Les femmes seules n'ont pas le droit d'y aller. Il n'en est pas pour elles d'une autre ordonnance. La femme est sacrée corps glorieux par le préjugé.

Ce n'est pas pour leur agrément particulier que les propriétaires font la dépense de ces enfoncements; ce n'est pas non plus pour celui

de leurs locataires, ni pour celui des passants ;
c'est par nécessité : c'est pour sauver la façade
tout entière d'injures nauséabondes qu'ils en
cuirassent certaines parties et les soumettent
aux désirs des passants. Encore leur est-il très-
difficile d'obtenir que l'on se contente du coin
peint en vert. Il y a des gens assez bizarres pour
prétendre que la vue du vert les paralyse, et
pour aller transporter leurs besoins là où il n'est
pas permis, recherchant de préférence tout ce qui
peut passer pour une encoignure. Aussi, pourquoi ne pas peindre ces endroits sacrés en couleurs différentes ? Celui que le vert agacerait irait
voir du blanc ou du rose, et tout le monde y ga-
gnerait, car quelquefois on aurait, en outre, le
plaisir de la surprise et en moins le fastidieux
dégoût d'une monotonie qui tue l'inspiration.

Adieu, mon cher frère.

Tout à toi.

Prince HENNONEH.

Embrasse mille fois Ertellah !

XVIII

Mon cher frère,

J'avais bien remarqué que les deux côtés de
la porte cochère se découpaient en deux coins
d'un usage bien facile à deviner ; mais une telle
considération n'était pas de nature à m'empêcher d'entrer dans la maison. Je ne t'ai pas dit
ce que c'était qu'une porte cochère. Il me sou-
vient de t'avoir expliqué l'usage et la convenance de la voiture. La porte cochère est le
complément de la voiture. C'est, dans la façade
de la maison, une baie assez large et assez

haute pour que hommes, chevaux, voitures, tout puisse y passer l'un portant l'autre. Toutes les maisons n'ont pas de porte cochère. Il n'y a que les maisons favorisées d'une cour qui jouissent de l'avantage d'une porte cochère. Une cour est un espace généralement fort étroit, resserré entre les divers corps de bâtiment qui font la maison. Une cour sert aussi de prétexte à l'ouverture de fenêtres destinées, dans l'intention de l'architecte, à donner du jour aux pièces qui ne sauraient en puiser ailleurs; mais ne faisant, en réalité, que livrer passage aux puanteurs qui s'échappent de ce foyer d'infection. Les maisons pourvues de cour sont très-incommodes, mais les maisons qui n'en ont pas le sont encore davantage. Les escaliers, dans ces dernières maisons, sont toujours construits dans les ténèbres les plus épaisses. On n'y voit que pendant la nuit, parce qu'alors on les éclaire; mais on n'a pas le bon sens de les éclairer pendant les heures de jour. Les propriétaires disent, selon le texte d'un célèbre saltimbanque : « Il doit y faire jour. » Et cependant, un escalier, étant très-dangereux à monter et à descendre, devrait être aussi clair que l'intérieur d'une lanterne allumée.

Dans beaucoup de maisons, la porte cochère est une voûte sous laquelle s'ouvre l'escalier. On peut ainsi descendre de voiture à pied sec. Cela est si simple, que l'on croit tout d'abord

111

que c'est une disposition générale. Nullement. Une preuve de la stupidité des civilisés : une voiture est faite pour se transporter à pied sec et sans fatigue d'un endroit à un autre. La voiture ne répond pas du tout à cette demande; très-souvent il faut se mouiller les pieds et la tête pour monter en voiture. Dans beaucoup de maisons, les propriétaires ne veulent pas laisser entrer les voitures, de peur d'abîmer le pavé de leurs cours. Or ces pavés sont du simple grès, la chose la plus commune et la moins luxueuse possible. Enfin, la partie du trajet la plus difficile, la plus ennuyeuse et la plus fatigante, la montée et la descente de l'escalier, le civilisé est obligé de la faire avec le secours de ses seules jambes. Et voilà ce que c'est que la civilisation ! Nous autres Victoriens, nous nous faisons porter jusqu'à notre natte. Voilà la vraie civilisation !

Pour en revenir à moi, je franchis donc la porte cochère et j'arrivai devant la loge du portier. On appelle loge un espace fort petit dans lequel il n'y a ni air ni lumière. Ces sortes de trous sont pratiqués par tous les architectes à l'intention des portiers. Dès qu'on devient portier, on acquiert la faculté de vivre ainsi dans la privation de ce qui fait la vie des autres hommes.

La portière lisait une pièce de M. Émile Augier, un poëte assez célèbre comme n'étant pas poëte, et le portier lisait le *Constitutionnel*.

— Vous avez un appartement garni à louer ? demandai-je.

Le portier et la portière regardèrent mon ventre ; puis la portière me répondit :

— Oui, monsieur.

Si j'avais eu un gros ventre, la portière aurait répondu : « Non. » Et voici pourquoi : il est de notoriété publique que les hommes à gros ventre éprouvent tous le désir le plus ardent de de se débarrasser de cette obésité superflue. Or le meilleur remède contre l'obésité est un exercice pénible et fatigant. Quel plus pénible et plus fatigant exercice que de monter et de descendre des escaliers ? Les hommes gros se condamnent donc à monter et à descendre un certain nombre d'escaliers par jour. Mais comme il serait ennuyeux et monotone de descendre toujours le même escalier, pour varier leurs plaisirs, ils vont voir des appartements qu'ils ne louent jamais, et se procurent ainsi la faculté de descendre et de monter un nombre indéfini d'escaliers. Aussi, les portiers bien appris se défient énormément des hommes gros. Mais l'homme gros est, en général, tenace et chef de division quelque part, et souvent, avec la menace du propriétaire, il force le portier dans ses extrêmes retranchements. Du reste, les hommes gros ne sont pas les seuls qui se livrent à cette manœuvre. Le même exercice est également pratiqué par les employés de toutes les administrations, excepté ceux des maisons Bonnard et Bidault, qui courent comme des chats maigres. Mais tous les autres employés sont contraints à l'inspection des appartements par la nécessité de faire beaucoup d'exercice en peu de temps. Il y en a qui sont si pressés, qu'au sortir de leur administration ils entrent dans la première maison venue et demandent à voir des appartements louables dans trois, six ou neuf ans. Une fois, il m'est arrivé, à cinq heures du soir, dans la rue Lepelletier, de rencontrer vingt-trois employés appartenant aux diverses maisons de banque des environs, qui, sans s'être donné rendez-vous, se trouvaient tous là pour voir la même chose, une petite mansarde située au sixième. Plus la location est élevée dans les airs, plus l'amateur est content : il dédaigne les rez-de-chaussée, ne fait les entre-sols qu'avec cave, et ne pratique les premiers que pour se mettre en appétit.

Je demandai à voir l'appartement en question. La portière prit les clefs et gagna l'escalier. Le mari lisait toujours le *Constitutionnel.* Il est à remarquer que, parmi les gens à cordon, le mari fait toujours le moins possible et expose, sans la moindre vergogne, sa femme aux séductions d'un étranger, qui peut être aimable, illustre et galant, trois qualités faites pour réussir.

Adieu, cher frère,
Tout à toi.
Prince HENNONEU.

Embrasse Ertellah pour moi.

XIX

Mon cher frère,

Après une ascension qui me parut d'autant
plus longue que la société de ma compagne
n'avait aucun de ces agréments qui font trouver le temps court, nous nous arrêtâmes.

La portière prit une clef, l'introduisit dans
une serrure, m'ouvrit une porte : c'était un trou
noir : « Attendez, dit-elle, que je donne du jour. »
Elle ouvrit une fenêtre qui donnait sur l'escalier, — car c'est une habitude des civilisés que
de toujours prendre à ceux qui ont besoin. Ce
trou resta noir. « C'est l'antichambre, » dit-elle
avec un certain orgueil. Il n'y avait aucune

espèce de meubles, et, de fait, il eût été difficile d'en mettre : l'espace était si restreint, que l'on ne pouvait fermer la porte qu'en entrant dans une autre pièce.

La portière ouvrit l'autre pièce; elle était splendidement éclairée par une fenêtre. Sur la cheminée, il y avait une pendule d'albâtre et deux vases garnis de fleurs en papier. La pendule d'albâtre et les deux vases garnis de fleurs en papier sont les signes extrêmes de la plus grande misère possible ; les gens qui meurent de faim et qui n'ont ni feu ni lieu ont toujours une pendule d'albâtre et deux vases garnis de fleurs en papier ; il y avait aussi deux flambeaux en verre. Les flambeaux en verre sont un des trucs favoris des gens qui font le commerce d'appartements garnis, et voici comment : le flambeau en verre n'existe pas dans le commerce ; les loueurs en garni en font faire tout exprès pour eux ; or, il est impossible qu'on ne casse pas un flambeau en verre, d'où il résulte que, se trouvant dans l'impossibilité de remplacer le flambeau cassé, le locataire est obligé d'en passer par les exigences du locateur, et de lui payer un prix fabuleux, à titre de curiosité, une malpropreté dont la valeur réelle est de neuf sous ; sans ces moyens-là, les gens qui louent en garni ne pourraient jamais s'y retrouver. Il y avait encore une lampe sur la cheminée ; la lampe est aussi un engin d'extorsion : elle a toujours une petite fissure, l'huile coule, tache, et c'est encore un objet à remplacer. Tous les meubles qui se trouvent dans les appartements garnis n'existent que dans des maisons spéciales qui se cachent du public ; il est toujours impossible de les remplacer exactement : en sorte qu'il s'en faut rapporter à l'estimation du locateur. Par terre, il y avait un tapis fond vert à fleurs bleues. Quand on prend l'appartement, l'inventaire attribue toujours cinquante-trois taches au tapis ; quand on le quitte, il y en a toujours quatre-vingt-sept, sans compter celles que l'on peut avoir fait soi-même : c'est un tapis à payer. La cheminée est toujours écornée, mais le coin est rétabli avec de la colle forte ; la chaleur fait tomber le coin : c'est une cheminée à payer. L'intérieur de la cheminée est à la prussienne ; au lieu d'être en fer, la chaîne qui tient la trappe est en laiton : c'est tous les jours trois francs à donner au fumiste. Il y a une remise pour le propriétaire. Il y a dans les coins des porte-pincettes ; mais au lieu d'être fixés dans du plâtre, ils sont fixés dans du beurre rance ; dès que l'on y touche, ils tombent : une dégradation à payer.

Au milieu de la chambre était une table couverte d'un tapis, soutenue par trois colonnes ornées de chapiteaux en cuivre. Le dessus de la table était en marbre. Quand on s'en va, le locateur a soin de soulever le tapis, ce que vous n'avez pas eu la précaution de faire, et de vous montrer que vous avez brisé le marbre : ce sont des marbres qui font toujours exprès d'avoir une fente au milieu. Il manque aussi une bonne moitié des ornements en cuivre; mais ces absences sont masquées par de la poussière. Quand le locataire s'en va, on a le soin d'essuyer et de lui démontrer qu'il a pris les ornements en cuivre, style impérial, introuvable chez les marchands de meubles. Ce tapis porte plusieurs taches, qui se trouvent toujours avoir multiplié. En face la table, un canapé. Ce canapé a toujours un pied peu solidement recollé. Quand on a l'imprudence de s'y asseoir, le pied se détache, et l'on tombe, toujours en dégradant le meuble; bien heureux quand une hôtesse perfide n'a pas mis en face du canapé deux jardinières agrestes, qui se trouvent entraînées et démantibulées dans la chute : deux raretés qui ont toujours une valeur considérable. On trouve même des hôtes qui disent : « C'était un souvenir ! » et qui, en sus de l'objet, se font escompter leurs regrets. Outre le canapé, il y avait encore des fauteuils et des chaises en drap lie-de-vin. Couleur et étoffe sont également fabriquées à l'intention des loueurs en garni, attendu qu'il n'est pas une personne dans le monde qui voulût pour son usage personnel de l'étoffe et de la couleur. Chaises et fau-

teuils sont soumis aux mêmes pratiques se-
crètes que le canapé; mais, au lieu d'être sa-
pés par en bas, les fauteuils et les chaises
sont souvent respectés comme solidité jusqu'à la plate-forme, et ne deviennent insidieux
qu'en leurs dossiers et accotoirs. Il y avait à la
fenêtre des rideaux de damas de laine rouge
excessivement étriqués. Comme le mur était
fort mince, un porte-rideaux soutenait la gar-
niture à distance, afin de paraître donner du
jeu à la fenêtre. C'était encore un secret du
métier, que ces rideaux, cette fenêtre et ce
porte-rideaux : les rideaux sont de larges morceaux d'étoffe que l'on tend devant les fenêtres
pour intercepter le jour; les rideaux ont été
inventés par les gens qui avaient des fenêtres
inutiles ; les rideaux sont souvent un moyen de
faire croire à un jour qui ne pourrait pas se
montrer. Les fenêtres, en s'ouvrant, décrivent
une demi-circonférence, elles ne peuvent se
mouvoir que dans un espace aussi large qu'elles;
or il arrive dans les appartements garnis que les
rideaux étant trop rapprochés de la fenêtre, la
fenêtre les tend et les déchire. Et c'est ainsi que
l'on fait payer les rideaux au locataire. La
chambre à coucher était meublée dans le même
goût et peuplée des mêmes siéges. Quand on
prend un appartement garni et qu'on veut faire
une bonne affaire, il faut n'avoir ni la volonté
ni le pouvoir de payer ; auquel cas on peut

prendre toute espèce de libertés avec les flambeaux de cristal, les ornements en cuivre et les
canapés en drap lie-de-vin.

Adieu, cher frère.

Tout à toi.

Prince Hennoneh.

XX

Mon cher frère,

C'était dans un petit salon, coquettement
tendu de perse bleue et blanche. Les chiens,
Black et Lili, fourrageaient sur les canapés et
sur les fauteuils. Les accords du piano s'éveil-
laient sous les doigts de Charles. Jules et Edmond fumaient de blonds cazadorès, les pieds sur
un tapis, les yeux dans l'espace. C'étaient trois
jeunes gens que j'avais rencontrés à la Maison-
d'Or, et qui avaient été assez obligeants pour
traduire à l'oreille du garçon les barbarismes
anglo-barbares que je vomissais impudemment.

122

Le garçon, voilà un mot qui, pour toi, cher
frère, a besoin d'une glose. Il y a des endroits
en France où, comme je te l'ai déjà dit, des
messieurs à gros ventre et à lunettes montent
une ou plusieurs fois par semaine sur des ta-
bourets pour enseigner la philosophie, — la
science des hommes et des choses. — Ces gens-
là sont payés par le gouvernement et fort respectés de leur portière. Ils s'appellent professeurs
de philosophie ; mais ce titre n'empêche pas le
professeur d'avoir des envies quand il passe devant l'étalage d'un marchand de comestibles, de
regretter ses vingt ans quand il rencontre une
jeune et jolie fille, de boire à petits coups le vin
qu'il trouve bon, et de brandir sa canne avec
fureur si, dans la rue, les gamins tendent des em-
bûches à sa perruque ou à ses jambes branlantes.
Eh bien, il est des hommes qui ne sont pas
payés par le gouvernement, qui ne sont respectés de personne, qui ne s'appellent point professeurs de philosophie, qui ont de naturelles et
simples apparences, et qui n'ont jamais passé
sur les bancs d'une école, voilà ce qu'ils ne sont
pas. Voici ce qu'ils sont : ils vivent au milieu
des plus exquises perfections de l'art culinaire,
et jamais ils n'ont même appétit d'une crevette ;
au parfum des ragoûts et des sauces, ils ont
mêmes narines qu'au fumet des eaux de vais-
selle ; ils voient couler les vins les plus fins, les
liqueurs les plus odorantes, sans avoir soif du

123

moindre petit verre ; sous leurs yeux se jouent les plus enivrantes lubricités : ils n'ont pas même l'air de comprendre. Le premier venu les tutoie, les raille, les injurie, et ils ne répondent que par des services et des politesses. Ces hommes, ces vrais et pratiques philosophes, ce sont les garçons de restaurant. Il semble que ces gens, toujours en contact avec l'argent et ses débauches, le doivent prendre en aversion. Du tout ! tranquilles, économes et pacifiques, ils ne s'occupent jamais des théories sociales, égalitaires et humanitaires. Qu'est-ce que la jalousie pour un homme qui a su vaincre ses sens? Qui peut le plus ne peut-il le moins ?

Mais toutes ces vertus ne donnent pas aux garçons la faculté d'entendre les langues étrangères : il est bien une pantomime fort expressive, cependant je n'en avais pas moins été charmé de rencontrer les trois jeunes gens qui avaient bien voulu venir à mon secours et suppléer mes insuffisances par la connaissance qu'ils avaient des dialectes de l'archipel océanique. Et puis, ils m'avaient gracieusement offert de se mettre à ma disposition pour tout ce dont je pourrais avoir besoin. Ne va pas croire que ce fût dans le but de m'obliger : tous trois étaient mus par un sentiment d'intérêt personnel; tous trois voulaient m'exploiter, mais chacun à sa façon. Jules voulait faire mon portrait pour l'envoyer à ce qu'on appelle l'Exposition, Edmond voulait m'extraire des renseignements sur la Victorie pour publier une légende victorienne ; quant à Charles, propriétaire et éditeur de journaux, il aurait voulu me faire faire mes mémoires.

Je n'avais pas encore deviné les projets intéressés de mes nouvelles connaissances, et, ne voulant pas me lancer témérairement dans une affaire dont je ne pouvais calculer les suites, j'allai consulter mes trois amis sur ma location de la rue Laffitte. Lorsque j'eus dit le quartier, la latitude et le prix, chacun trouva que j'avais parfaitement fait : Jules pensa qu'à un sixième on aurait un beau jour pour faire un portrait ; Edmond se disait que, logé au sixième, j'aimerais à ne descendre et à ne remonter qu'une fois par jour, et qu'alors il ne serait pas difficile de me tenir des soirées en face d'une choppe, sous prétexte de boire, et en réalité pour conter des traditions de mon pays ; quant à Charles, il se flattait que j'allais faire de grandes dépenses qui me réduiraient à lui donner à la fois mes mémoires, comme grand personnage, et mes services, comme garçon de bureau. On me dit donc que j'avais fait une affaire d'or. Et je m'empressai d'aller définitivement arrêter mon logement et annoncer à ma portière que je viendrais le soir même en prendre possession. Le portier daigna se déranger et me dire que si je n'avais personne pour faire mon ménage, il serait trop heureux que je voulusse bien le charger de ce soin. J'acceptai.

— Et le denier à Dieu ? me dit l'homme au cordon.

— Le denier à Dieu ? repris-je, eh bien, chargez-vous-en aussi.

L'homme me regarda, la femme aussi.

— Mais, monsieur, c'est l'usage...

— Je le sais bien, continuai-je; seulement, comme je n'aime pas les embarras, je vous prie de le faire pour moi.

— Mais, monsieur, c'est dix francs que vous me devez pour votre bienvenue.

— Ah ! fort bien. Et je payai.

Chez les civilisés, mon cher ami, il est un singulier usage : c'est de donner beaucoup à des gens auxquels on ne doit rien, et de payer rarement ceux auxquels on doit quelque chose. Étrange bizarrerie, qui ne te doit pas, du reste, étonner, après ce que je t'ai dit de leur folie. Mais ce qu'il y a de remarquable, c'est que les gens qui n'ont jamais d'argent pour payer ce qu'ils doivent en ont toujours pour payer ce qu'ils ne doivent pas. La civilisation devrait être la simplification de la vie ; c'en est, tout au contraire, la complication. Le barbare est l'homme ; le civilisé est l'enfant. Comme l'enfant, il prend toujours le chemin des écoliers. Et cependant, cette vie de rouages, d'engrenages, de courroies et de leviers ne manque pas d'un certain charme.

126

On s'y attache comme à un obstacle que l'on veut vaincre, et l'on finit par l'aimer. Le mécanisme de la vie des civilisés est assez remarquable pour que je te l'explique. Les civilisés sont divisés par peuples. Ces peuples sont les hommes qui habitent une étendue de pays comprise entre certains fleuves ou certaines montagnes, et quelquefois entre rien du tout. Le rien du tout est la limite de convenance. Dans ces étendues de pays, il y a des villes ; et chez chaque peuple une ville plus grande que les autres. On l'appelle la capitale ; c'est là que réside le gouvernement. Dans chacune de ces capitales, il y a un vaste établissement où, jour et nuit, un grand nombre d'hommes et de machines sont occupés à frapper la vie du peuple : cet établissement, c'est la monnaie ; cette vie, c'est l'or et l'argent. Il y a des établissements de cette nature tenus par les particuliers ; on les appelle des banques. Les banques viennent faire à la monnaie leur provision de vie, et, quand elles l'ont épuisée, elles la renouvellent. Voilà le mécanisme de la vie des civilisés.

Adieu, cher frère.

Mille baisers à mon Ertellah.

Prince Hennoxeh.

XXI

Mon cher frère,

Je m'empressai de retourner à l'hôtel des
Princes et de faire emporter mes effets. —
C'est ainsi que les Français appellent la col-
lection des vêtements d'un homme : expres-
sion bien impropre, car un homme n'est que
l'effet de ses vêtements. Ce qu'il est, il le doit à
ses chemises, à ses bottes, à ses culottes : le
tailleur fait l'homme. Cela est si vrai, que les
diverses fonctions des hommes se distinguent
par leurs vêtements. Eh bien, si, pour être colonel, il faut forcément un habit de telle sorte,
supposez que, par force majeure, un futur colo-

128

lonel n'eût pas pu se procurer l'habit en question, évidemment, il n'eût pas été colonel, parce que, si *b* ne peut être sans *a*, il est évident que *a* n'étant pas, *b* n'existera pas. Donc, les destinées des hommes sont entre les mains des tailleurs. Les superficiels trouveront ces réflexions absurdes et paradoxales. Je m'en rapporte aux esprits profonds comme le tien. Quant aux détails de ce prestigieux talisman que l'on appelle le costume, je t'en ai déjà dit tout ce qu'il t'intéressait d'en savoir. Il vient cependant de se faire dans le costume une révolution dont il faut que je te rende compte. Au lieu de pantalon, on porte généralement la culotte. La culotte est au pantalon ce que le borgne est à l'aveugle. Elle a l'avantage de dénuder le mollet, et d'être spécialement hostile aux gens qui n'ont ni jarret ni tournure. La mode vient également de passer aux carricks. J'ai dû te décrire le paletot : le carrick est un paletot qui serait plus long que le paletot ordinaire, et au col duquel on aurait attaché une ou plusieurs pèlerines. Il y en a qui mettent jusqu'à dix pèlerines ; le meilleur genre est de ne mettre qu'une pèlerine. Ce vêtement est très-avantageux à la taille : il communique aux hommes un air de jeune premier de l'Ambigu. C'est la vogue de *Jean le Cocher* qui a donné naissance à cette mode. Quoi qu'il en soit, le carrick est bien porté : on n'en a encore vu qu'un seul sur le boulevard des Italiens, et encore prétendait-on que c'était *Jean le Cocher* qui avait hérité d'un million.

Le commissionnaire qui portait mes affaires s'achemina vers la rue Laffitte. Le commissionnaire est une borne mobile peinte en violet et noir, qui se tient au coin des rues. Le commissionnaire est propre à tous les usages. Il est apte à tout, pourvu que l'intelligence ou l'interprétation n'aient rien à y voir. Jamais on ne l'aperçoit boire ou manger. Toujours à son poste, à la porte du marchand de vin, il se charge, avec un égal flegme, de porter les cartels ou les déclarations d'amour, et d'aller chez l'épicier acheter du rhum, ou, chez le pharmacien, du poison !

Pour le commissionnaire, l'argent ne doit pas avoir de valeur, et le papier pas de secrets. Le commissionnaire ne doit être ni voleur ni curieux. Et cependant, il n'y a pas longtemps, un écrivain, célèbre dans tous les mondes, Roger de Beauvoir, voyait filer loin de Paris un commissionnaire emportant avec lui le résultat d'un bon de cinq cents francs, que le spirituel romancier-poëte lui avait envoyé toucher à la caisse du journal *Paris*. Mais la suite a prouvé que c'était un faux commissionnaire.

Le commissionnaire monta mes faibles paquets, et je me sentis installé. Ah ! ce n'était plus l'hôtel des Princes ; il me fallait songer à mon dîner et à mon déjeuner. Il y a à Paris, à l'usage des gens qui se trouvent dans la position où je me trouvais, des endroits appelés restaurants, où l'on trouve toujours à boire et à manger, excepté de six heures à dix heures du matin. On y trouve ce qu'on veut des dix mille variétés de la cuisine française. Le matin, le restaurateur achète un veau, un bœuf, un mouton et deux poissons : on fait cuire ces divers animaux jusqu'aux neuf dixièmes d'une cuisson complète ; en sorte que, quand on arrive, on désigne le plat que l'on désire ; il est immédiatement parachevé par un tour de casserole et une cuillerée de sauce. Pour faire une sauce, il faut trois choses : de l'eau, du sel et de la couleur. Il y a des couleurs de toutes nuances : du jaune, du vert, du rouge et du noir. Tout cela est rangé par petits pots à portée de la main du cuisinier, avec deux grands pots : dans l'un il y a une substance noire et odorante appelée truffe, et dans l'autre un produit spongieux de la terre nommé champignon. Le champignon et la truffe sont les deux grands moyens de la cuisine. Quand dans un plat il y a des truffes et des champignons, on n'a plus le droit de le trouver mauvais. On ne fait pas la cuisine pour manger, on la fait pour employer des truffes et des champignons. Quand on veut donner aux truffes et aux champignons un prix inestimable, on les assaisonne d'un filet de vin de Madère. Madère est une île qui n'existe pas ; elle a été inventée par les fabricants de vin. Le vin de Madère est une composition chimique que chacun pourrait faire chez soi, mais que l'on préfère acheter toute faite. Les anciens faisaient le vin de Madère chez eux ; ils en prenaient en guise de vomitif quand ils étaient malades. Les civilisés modernes en prennent au commencement du dîner. C'est une rubrique des amphitryons pour ôter l'appétit à leurs convives. Et cela ne manque jamais.

Je descendis la rue Laffitte et j'entrai dans un illustre cabaret : la Maison-d'Or. C'est le plus beau restaurant de Paris, celui où l'on mange le mieux et le plus confortablement. Toutes les féeries du luxe sont réalisées à la Maison-d'Or le service est en très-belle argenterie, et en vermeil si on le désire ; cristaux, porcelaines, linge, tout est comme chez un riche particulier. J'y dînai fort bien ; mais ma pauvre bourse ! ma pauvre bourse ! J'y vis mille illustrations de la politique, de la presse, de la littérature, du théâtre, de la finance et de l'armée. Mais ma bourse ! ma pauvre bourse !

Adieu, cher frère.

Mille baisers à mon Ertellah.

Prince Hennoxeh.

XXII

Mon cher frère,

Me voilà donc tout seul, et chez moi, vivant sans tuteur ni lisière, comme un civilisé... Ah! que cette vie serait agréable si j'avais de l'argent autant que j'en ai besoin. Il n'est rien que je ne désire, rien dont je n'aie envie. Il n'y a rien de borné que mes moyens. On dit que tous les hommes en sont là. Pourquoi donc la monnaie n'est-elle pas plus généreuse de cette vie qu'elle départ si avaricieusement à chacun?

Je te vais raconter mon existence.

Je me lève un peu après le soleil. J'allume un

cazadorès : le cazadorès est un cigare d'un goût assez agréable. Quoique je condamne le tabac en principe, je fume avec fureur. Quand j'ai fumé un cigare, j'en allume un autre, et ainsi de suite, jusqu'à ce qu'il soit l'heure de déjeuner. Quand j'ai déjeuné, je recommence à fumer jusqu'à ce qu'il soit l'heure de dîner. Quand j'ai dîné, je recommence à fumer jusqu'à ce qu'il soit l'heure de me coucher. L'existence que je mène est très-agréable. C'est du moins l'opinion générale des civilisés ; car c'est celle de tous les gens de grande naissance qui ont reçu de leur père une belle fortune, et de je ne sais qui ce qu'on appelle une bonne éducation. Si j'en crois certains livres qu'on donne comme véridiques , autrefois un gentilhomme n'était tenu de savoir que deux choses : monter à cheval et tenir une épée. Aujourd'hui, le parfait gentilhomme doit savoir trois choses : fumer, écrire (pour accepter ses lettres de change) et polker. On a bien raison de dire que les temps sont changés! Aujourd'hui, ce sont les fils de banquiers qui savent monter à cheval, et c'est principalement dans les arrière-boutiques que se recrute l'armée. Du reste, les gentilshommes n'en sont pas moins aimables pour cela ; et j'avoue que, pour ma part, je préférerais, comme eux, un gilet de velours brodé, fût-il brodé en or, à une cuirasse de fer. Mais je te parle beaucoup des gentilshommes, et je ne t'ai pas dit ce

134

que c'était qu'un gentilhomme. Dans l'usage, on entend par gentilhomme tout homme qui porte des chaussettes de soie, des gilets de flanelle rouge, des chemises de batiste, des bottines vernies, des pantalons à carreaux sans sous-pieds, des gilets, des cravates et des habits agréables à l'œil, des gants et un lorgnon. Nom, extraction, fortune, tout cela n'est rien : du moment où un homme a revêtu la livrée des gentilshommes, il est gentilhomme, ou du moins il doit l'être. S'il était resté dans la boutique de son père, et qu'il eût oublié de vingt-quatre heures une échéance, il eût été déshonoré; dès qu'il est gentilhomme, il acquiert le droit de regarder sa signature comme une tache d'encre. Voilà pourquoi il y a tant de gens qui se font gentilshommes. Ce sont les profits du métier. Et jamais les hommes ne sont las de ce qui leur rapporte. Trouver le rapport, voilà l'œuvre de l'observateur. Le mot gentilhomme, dans l'acception que je viens de lui donner, est une importation anglaise. Il a, comme je l'ai dit, une seconde acception, et celle-là est toute différente de la première. C'est le défaut de la langue française. Les Français ont la mémoire courte et l'esprit paresseux; aussi, pour ménager leurs fatigues, ils ont réduit leur vocabulaire jusqu'à la ténuité, de telle sorte qu'un mot signifie souvent vingt choses hétérogènes et parfaitement dissemblables.

155

Dans sa seconde acception, le mot gentilhomme veut dire noble.

Un gentilhomme est un homme noble. Tu vas
demander ce que c'est qu'un noble. La noblesse
est encore une invention de la civilisation. On
peut bien dire que tous les hommes ne sont pas
de la même famille; que le noir et le cuivré ne
sont pas les cousins du blanc, c'est absurde :
quoique situés à cinq cents lieues de ces gens-ci,
sans aucun commerce avec eux, nous autres Victoriens, nous avons les mêmes passions, les mêmes
intérêts et les mêmes habitudes qu'eux, avant
qu'ils se fissent attacher à la meute équarrissante
de la civilisation. Tout homme aime à dominer.
Si nous en croyons la tradition et le raisonnement, le premier qui voulut dominer chez nous
annonça qu'il voulait être le maître et qu'il ferait
tomber son poing vigoureux sur le premier qui
résisterait. Deux ou trois récalcitrants furent
punis de leur audace, et les autres se tinrent
tranquilles. Celui-là fut le maître qui avait le
poing le plus vigoureux; après lui ce fut un
autre, et ainsi jusqu'à nos jours; et le vainqueur
prenait pour compagnons ceux qui, en luttant
avec lui, s'étaient montrés plus forts que les autres, et qui, par conséquent, étaient après lui
ceux qui valaient le plus. Les civilisés sont partis de ce principe que la force était héréditaire,
et voilà l'histoire de la noblesse. Aujourd'hui,
tout a changé : ce qu'on appelle l'intelligence a

pris la place du poignet. Il n'y a guère plus de
noblesse que la noblesse personnelle, celle que
l'on se fait par ses œuvres et mérites. Les fils
n'héritent plus que de la fortune de leur père,
quand il en a, et d'une certaine auréole d'estime, qui s'efface bien vite dans les nuages de
l'indifférence quand leur front n'est pas fait pour
la rayonner.

Adieu, mon cher frère.

J'aime toujours Ertellah.

Prince HENNONEH.

XXIII

Mon cher frère,

Les jours se suivent et ne se ressemblent pas.
Je commence à être très à court d'argent. Si je
ne t'en demande pas, c'est que je suis bien persuadé que, loin d'en avoir, tu ne sais même pas
ce que c'est. C'est ici que je reconnais l'utilité
d'être civilisé. Si j'étais né en France, j'aurais
un père, une mère, un frère, une sœur, un
oncle ou une tante. Et quand on a besoin d'argent, il n'est rien de tel que les parents, surtout les tantes. Une tante a toujours quelque
chose en réserve pour son neveu. La chose est
si proverbiale, que l'on appelle vulgairement

ma tante un endroit où l'on prête à tous ceux qui n'ont pas. Quand je dis à tous ceux qui n'ont pas, je m'exprime mal; je veux, au contraire, dire à tous ceux qui ont: car, pour avoir quelque chose au mont-de-piété, — nom de famille de la tante, — il faut donner une garantie matérielle, représentant dix fois la valeur du prêt. En mon faible entendement, j'avais cru que les monts-de-piété étaient faits pour prêter à ceux qui n'avaient rien. Les civilisés pensent autrement, et les ont établis pour prêter à ceux qui ont trop, puisqu'ils peuvent se passer de ce qu'ils y apportent. Voilà ce que j'appelle raisonner. Eh bien, quand je m'exprime ainsi, les civilisés haussent les épaules, et me répondent des mots, comme si les mots étaient des raisons.

Tout cela ne diminue pas mon besoin d'argent. Et, comme je te l'ai dit, l'argent étant, chez les civilisés, le principe de la vie, je courrais risque de mourir si je n'en trouvais pas. Il m'est venu l'autre jour un monsieur qui m'a offert cinq francs par jour et la nourriture, si je voulais aller me promener tous les jours, de dix heures à minuit, dans son établissement. Ce monsieur tient un café sur le boulevard. Tu ne sais pas ce que c'est qu'un café. Figure-toi une grande salle toute parsemée de petites tables, avec des glaces, des dorures et autres engins d'un luxe économique. On n'y mange pas; on y boit diverses liqueurs chaudes ou froides : ceci est laissé à la discrétion de l'amateur. Je ne dirai pas que ces liqueurs sont bonnes ou mauvaises; cela dépend des liqueurs, et surtout de ceux qui les vendent. Mais il est un fait, c'est que chacun pourrait, chez soi, les avoir meilleures et à meilleur marché; — les boire seul ou avec ses amis. Tandis que, dans les cafés, il faut les boire telles quelles, les payer suivant un tarif arbitraire, et en compagnie de gens fort peu respectables la plupart du temps, car les cafés étant ouverts à tout le monde, la société y est très-mélangée.·

Au milieu du café, il y a une grande table avec un rebord. On met sur cette table des billes, et des hommes, armés de bâtons, s'amusent à les pousser en sens divers. Cela s'appelle jouer au billard. Il faut toucher une bille avec une autre. Le jeu de billard est très-fatigant. Si l'on y jouait longtemps, on finirait par avoir les bras qui sortiraient du corps. C'est aussi un exercice particulièrement recommandé aux gens qui ont la poitrine bonne et qui veulent se rendre poitrinaires pour avoir du succès auprès des femmes. Il y a des cafés où il y a jusqu'à quatorze billards. Tu ne te figures pas les ravages que cela fait dans la population française. Quant aux spectateurs, ils ont les oreilles cassées par le choc incessant des billes, et les yeux fréquemment aveuglés par les bâtons des joueurs. Voilà, mon ami, voilà ce que c'est que la civilisation!

Il n'y a pas de village en France où il n'y ait plusieurs billards. Cela m'explique parfaitement pourquoi les Français sont si rabougris. Le moyen que l'on soit bien fait quand, dès sa plus tendre enfance, on n'a d'autre occupation que de se disloquer les membres ! Les Français aiment tant le jeu de billard, que, pour ne pas vivre dans l'isolement, les femmes ont dû l'apprendre et l'exercer; ce qui leur est très-disgracieux, très-incommode, très-indécent, et ne leur est point du tout agréable. Tout cela n'empêche pas les femmes du grand monde de jouer au billard; il est vrai qu'elles n'y jouent pas dans les cafés; mais ceci même est une preuve qu'elles y voient quelque chose de blâmable. N'es-tu pas de mon avis? ce que l'on fait sans rougir, on ne craint pas de le faire en public.

Dans les cafés, on joue aussi au trictrac et au domino. Le trictrac est un jeu que je ne connais pas; il ne se joue que dans une petite ville éloignée de Paris que l'on appelle le Marais, et je ne suis jamais allé dans le Marais. Quant au domino, je le connais un peu. Chaque joueur prend un certain nombre de petites plaques sur lesquelles il y a 1, 2, 3, etc., jusqu'à 12. Il y en a un qui en met une sur la table, et il faut que les autres suivent, en mettant au bout un chiffre semblable. Celui qui a le plus tôt fini a gagné. C'est le plus stupide jeu qui ait jamais existé. On nombre cependant une multitude de grands hommes qui y ont perdu beaucoup de temps. Te dire le plaisir qu'ils y trouvent, je n'en sais rien ; car j'ai toujours vu ceux qui s'y livraient s'endormir au bout d'un certain temps. Il y a aussi un café où on joue aux échecs ; c'est un jeu très-compliqué ; mais comme une partie peut durer mille ans, il y a peu de personnes qui y jouent. Quelquefois on joue aux cartes dans les cafés ; mais il n'y a guère que les gardes nationaux, les jours de garde.

On fume dans les cafés. Les étrangers fument le cigare ou la cigarette ; les habitués y ont généralement leur pipe, que le garçon se prête à lui-même quand elle est bonne, et qu'il prête souvent aussi à des amis, ce qui produit un agréable méli-mêlo de salive dont la pensée seule fait frémir. Les cafés sont généralement bien éclairés ; mais l'air y est si épais, que l'on n'a pas besoin d'être myope pour ne point reconnaître ses meilleurs amis : nul ne songe à s'en plaindre. Les cafés sont aussi fort bien distribués pour l'acquisition des rhumes de cerveau et de poitrine. Il y a des gens qui ne comprennent pas comment les cafés peuvent soutenir leur luxe éblouissant ; je suis persuadé qu'ils reçoivent secrètement une subvention des marchands de pâte de guimauve et de sirop de gomme. On lit aussi, dans les cafés, les carrés de papier qu'on appelle journaux ; on les lit en causant et en buvant, ce qui prouve qu'ils n'ont

pas grande importance, car ils ne sauraient former une occupation spéciale.

Tout cela n'empêche pas les cafés d'être très-
commodes quand on a soif, chaud ou froid, que
l'on est fatigué, ou que l'on a besoin d'écrire
une lettre pressée. C'est une heureuse chose dans
un pays où l'hospitalité est si mal comprise, que
si tu entrais pour te reposer et boire chez quelqu'un que tu ne connais pas, on n'hésiterait pas
à te mettre à la porte. Mais il est tard, je t'é-
crirai une autre fois ce que j'ai fait avec le propriétaire du café.

Tout à toi.

Prince HENNONEH.

Ertellah ! oh ! que l'absence est cruelle !

XXIV

Mon cher frère,

Je t'ai dit que le propriétaire d'un café du boulevard était venu me proposer cinq francs par jour et la nourriture pour aller me promener de temps à autre dans son établissement. Tu ne sais pas ce que c'est qu'un propriétaire. Le propriétaire est un individu, homme ou femme, qui a le droit de dire de certaines choses : *mon, ma, mes*. Le Manuel du propriétaire se trouve entre les mains de tous les civilisés; c'est là le commencement et la fin de la civilisation. Il forme un petit volume, et on peut se le procurer chez tous les libraires, sous le nom de Code :

144

c'est toute une famille ! le grand Code et une multitude de petits rejetons : Code pénal, Code du commerce, etc. Du reste, les législateurs ont droit de le provigner quand ils veulent ; le droit de multiplication du Code leur est exclusivement réservé.

L'occupation que me destinait l'industriel aux cinq francs ne paraissant rien avoir de fatigant, je me décidai à l'accepter. Le matin du jour où je devais entrer en fonctions, je me levai de bonne heure, je me fis faire la barbe et m'habillai. Tu ne devinerais jamais ce que c'est que se faire la barbe. Par un léger caprice de la nature, les civilisés ont au menton et aux joues, autant, et souvent plus de cheveux que sur la tête. A peine arrivé en France, la barbe ne tarda pas à me pousser. Je crois que la barbe est un fait du chétivisme des civilisés. Il en est de cela comme de la mousse qui s'attaque de préférence aux arbres chétifs et rabougris. Biscornus dans leur essence, les civilisés ont fait de cette maladie de l'épiderme un accessoire obligé de l'homme. Un homme qui n'a pas de barbe est mal vu dans son quartier. Il y a différentes manières de porter la barbe. Peu la conservent dans son intégrité : quelques-uns se contentent de la tailler, la plupart la suppriment, et, tout en la supprimant, ils seraient bien désolés de ne pas en avoir ; mais, plus la barbe est coupée, plus elle acquiert de puissance de

végétation. La barbe entière n'a pas d'inconvénient, la barbe supprimée en a de grands. D'a-
bord, il faut au moins une fois le jour se racler
ou se faire racler la peau avec un couteau. Ensuite, quand on embrasse une femme, il est impossible de ne lui pas perciller la peau par le contact des pousses ou des petites racines, qui ont
une acuité excessivement perçante. Ajouterai-je
qu'il n'est pas de supplice plus grand que de
se faire ainsi racler la peau par un couteau
souvent ébréché. Il y a des gens qui parviennent
à se faire proprement la barbe eux-mêmes. J'ai
essayé, je n'ai jamais réussi. J'ai donc recours
au talent des gens qui font profession de racler
la peau soit sur place, soit à domicile. On regarde, chez les civilisés, comme une insulte de
mettre sa main sur la figure de quelqu'un ; les
barbiers seuls, — c'est ainsi qu'on appelle les
gens qui font la barbe, — ont droit de mettre
impunément leur main sur la figure de la plus
susceptible personne, non-seulement sans qu'il
leur soit infligé aucune correction, mais même
avec remercîment et rémunération.

  Je m'étais donc fait faire la barbe et proprement habillé. Tout le long des rues j'aperçus de
grandes affiches sur lesquelles on pouvait lire,
sans presque savoir lire, tant les lettres étaient
grosses : « Tous les jours, le prince Victorien
se montrera au café..... sans augmentation de
prix. » Une affiche est une grande feuille de pa-

pier que l'on colle sur les murs pour informer le public de telle ou telle chose. On appelle cela faire de la publicité. Plus les affiches sont grandes et cocasses, plus elles produisent de l'effet, parce qu'elles tirent l'œil. On ne dit pas lire une affiche, on dit absorber une affiche. Il y a mille espèces de publicité, aucune ne vaut celle que l'on fait dans les journaux ; généralement on n'y lit que les annonces, et l'annonce, ne s'adressant qu'à quelqu'un qui a de quoi payer un journal, a plus de chances de germer. Comme je n'avais pas cru devoir informer le public de mon arrivée à Paris, je crus que c'était une politesse du gouvernement à mon endroit, et je résolus de lui envoyer ma carte, avec la ferme espérance qu'au bénéfice de ces relations naissantes j'allais être traité comme un souverain étranger, c'est-à-dire logé, chauffé, nourri, blanchi, éclairé, rasé, diverti, aux frais du gouvernement. Quand on veut être poli avec quelqu'un chez les civilisés, on envoie sa carte, c'est-à-dire un carré de carton orné de son nom imprimé, parce que cela prendrait trop de temps de l'écrire à la main.

En arrivant au café, je remarquai qu'il était pavoisé d'affiches sur lesquelles on lisait : « Le prince Victorien à toutes heures. — Tarif des consommations, — sans augmentation de prix. » — A peine fus-je entré que le maître de l'établissement vint à moi : « Avez-vous vu mes affi-

147

ches ? » me dit-il. — Je compris que le gouvernement n'était pour rien dans mon affaire. Comme il n'y avait encore personne dans le café, on me fit passer dans le laboratoire. C'est là que l'on prépare les boissons à l'usage des habitués. J'y vis faire bien des mélanges, et je me dis avec satisfaction que si j'avais les fonds nécessaires je pourrais monter un café.

Je t'écris et je ne pense pas que j'aie un rendez-vous pressé.

Adieu, embrasse bien mon Ertellah pour moi.

Tout à toi.

Prince HENNONEU.

XXV

Mon cher frère,

J'étais dans le laboratoire, étudiant curieuse-
ment la fabrication du rhum, de l'eau-de-vie,
de l'anisette, du curaçao et de l'orgeat, lorsqu'un garçon entra, apportant sur un plat un
gros dindon mort, mais encore ombragé de ses
plumes et exactement cru; autour du dindon,
un triple cercle de navets également crus.
— Pourquoi ceci? demandai-je.
— C'est pour vous, me répondit le maître de
l'établissement; et ceci aussi, ajouta-t-il en me
montrant un pot dans lequel il avait mis suc-

cessivement de la bière, du vin, du curaçao, du sucre, du poivre et des citrons.

— Comment, pour moi?

— Oui, pour boire et pour manger; il faut bien que vous montriez aux amateurs ce que vous savez faire, autrement ils se croiraient volés.

— Jamais je ne ferai cela.

— Vous devez le faire; je vais vous mener devant le juge de paix.

A ce mot de juge de paix, je fus pris d'une terreur impossible à décrire; je réfléchis.

—Tenez, repris-je, pour ce qui est de boire, je boirai: prises individuellement, toutes ces choses sont bonnes; je les boirais les unes après les autres; je peux bien les boire toutes à la fois. Que le mélange se fasse avant ou après, dans mon estomac ou dans mon verre, peu m'importe; mais pour ce qui est de manger le dindon cru, je ne le mangerai pas. Je suis venu ici pour me civiliser, et non pas pour contracter des habitudes plus mauvaises encore que celles de mon pays. Donnez-moi un homme, donnez-moi une femme ou un enfant, je les mangerai: mais à la condition que vous les ferez rôtir.

— Hélas! je ne demanderais pas mieux, mais la police!...

— Je ne mangerai pas votre dindon.

Alors, il prit l'animal, le déchira en deux, en remit une moitié sur le plat:

— Eh bien, soit ! dit-il, je dirai que voilà ce que vous avez laissé de votre déjeuner.

Cependant le café s'était rempli : on appelait le prince Victorien. J'entrai précédé du maître de l'établissement ; on me fit faire le tour des tables, et chacun s'ébaudissait en observations plus ou moins impolies sur mon compte. A chaque table, on montrait le dindon, et le garçon me versait un verre de l'odieux mélange. Je fis ce manége au moins vingt fois. Il était déjà tard, et personne ne m'avait parlé de déjeuner.

— A manger, demandai-je au propriétaire.

— C'est juste, dit-il ; et il me fit servir une tasse de café. Nous déjeunons tard, ajouta-t-il, parce que nous ne pouvons dîner qu'après minuit, quand tout le monde est parti.

Toute la soirée ce furent mêmes promenades, et ce fut aussi même boisson. La soirée s'écoula. L'heure du dîner arriva enfin. On me donna une tasse de quelque chose avec un petit pain gros comme le pouce.

— Vous devez être malade, avoir la nostalgie et être maigre, pour paraître authentique, me dit le propriétaire.

Il était une heure du matin, et je sortis en jurant de ne jamais revenir. Le lendemain, le propriétaire vint me menacer de la justice, mais on me dit que je n'avais rien à craindre, et je le laissai crier. Ah ! que jamais on ne me reprendra dans un pareil piége !

Mais que faire ? ayant deux bras et deux jambes, je ne puis cependant pas me laisser mourir de faim. J'ai bien pensé à me faire marchand de quelque chose ; mais il me manque le capital. Le capital est le nom économique de l'argent. Sans le capital on ne sait rien faire : le capital est à la fois les rouages et les engrenages de la mécanique sociale. Aussi comme il a des ennemis ! Je ne puis donc pas me faire marchand, et pourtant cette profession m'eût convenu. Le marchand est une classe bien distincte dans la société, — distincte non pas par les habitudes, les manières et les idées, mais par les lois de l'opinion publique. Ce qui est probité pour le simple particulier n'est pas probité pour lui. Tout objet a en lui-même, en dehors de l'offre et de la demande, une valeur réelle résultant de sa qualité intrinsèque, du temps que représente sa façon, de l'économie de temps ou de fatigue, de la somme de plaisir qu'il procure. Eh bien, le marchand a le droit de n'avoir dans la vente d'un objet aucune autre considération que celle-ci : le besoin du demandeur. Le marchand qui vend absurdement cher n'en est point déshonoré ; il acquiert, souvent il est vrai aux dépens de sa prospérité, un renom de distinction et d'élégance. Tout au contraire, le marchand qui, par une juste équation

152

de la valeur relative et de la valeur absolue des objets de son commerce, arrive à vendre à bon marché, est presque déconsidéré, non pas comme homme, mais comme marchand. Et pourtant, ce sont souvent les mêmes objets. Du reste, cette loi de l'opinion publique qui absout l'usure du marchand n'est que parfaitement juste. Le commerce est une chose tellement chanceuse, que ses bénéfices ne peuvent être réglés. Le marchand qui a besoin de faire de l'argent est bien excusable de rançonner le premier client qui lui tombe sous la main. Les bénéfices du capital se peuvent raréfier : ceux du travail et du talent ne se peuvent pas raréfier, car ils sont introuvables et insaisissables. L'argent est une matière qui ne se perd ni ne s'abîme. Toutes les autres marchandises sont sujettes à un déchet.

Adieu, cher frère ; mille choses à Ertellah.

Tout à toi

Prince Hennoneh.

XXVI.

Mon cher frère,

N'ayant rien de mieux à faire, je fais des visites, c'est-à-dire je vais voir pendant le jour
des personnes que je connais et des personnes
que je connais peu. Cette manière de passer le temps est très-bien vue parmi les civilisés. Le soir, je vais dans les coulisses d'un
théâtre quelconque, car ma qualité d'étranger, en m'entourant d'une auréole de mil-
lions, m'ouvre les portes des lieux les plus inac-
cessibles. On appelle coulisses cet espace dans
lequel se meuvent les machines et les décors,
les machinistes, les acteurs, les actrices et leurs
satellites. Rien n'est moins élégant que les cou-

lisses d'un théâtre. Des murs nus, des quinquets fumeux, des araignées, et souvent une odeur de chou qui arrive de chez le concierge, contribuent à faire de ce séjour le plus nauséabond des séjours. Et cependant, on rencontre là toutes les illustrations de l'art et de la politique : les plus grands font des bassesses pour venir y coudoyer des machinistes. C'est qu'elles sont là, ces idoles en carton doré, pour lesquelles petits et grands, jeunes et vieux, jettent par-dessus les moulins le bonnet des convenances ! Hélas ! trois fois hélas ! vous, monsieur le magistrat, vous, monsieur le duc, vous, mon général, et vous aussi, héros blasonné de l'art, que venez-vous chercher là ? de faux sourires, de fausses amours et de fausses amitiés ! Ah ! si vous en aviez fait autant pour arriver aux jouissances de l'ambition sérieuse que vous en faites tous les jours pour avoir l'honneur de tenir le manteau de coulisse d'une de ces dames, vous seriez... vous seriez monté plus haut que vous n'êtes monté. Jagernath maudit ! qui pourrait dire ce que vous avez dévoré de fortunes, flétri de cœurs et ravalé de nobles ambitions ! Malheureux ceux qui se laissent prendre aux séductions de vos charmes dangereux ! Et néanmoins, si j'étais civilisé, je sens que, comme tant d'autres, j'irais sacrifier sur ces autels, tant l'homme a de bizarrerie et d'inconséquence ! En dehors des grivoises satisfactions

155

qu'elles procurent, les coulisses ont un immense danger politique. Un civilisé, de ceux
qu'on appelle révolutionnaires, Loustalot a dit :
« Les grands ne nous paraissent grands que
parce que nous sommes à genoux : levons-
nous. » Cette pensée ne doit pas être de Loustalot ; elle a dû lui venir d'un machiniste. En
effet, jamais la société ne se déshabille plus à
nu que dans les coulisses.

Je te disais donc que je m'étais mis à faire
des visites. C'est ainsi qu'aujourd'hui je suis
allé faire une visite à une [actrice à laquelle
on m'avait présenté. C'est une jeune et charmante femme qui n'avait pas paru faire beaucoup d'attention à moi. J'arrivai, on m'introduisit dans un coquet appartement. La maîtresse de la maison allait venir, me dit-on ;
je me trouvai dans un salon élégant où cou-
raient trois chiens. Les chiens ! mon cher frère,
voilà encore une invention de la civilisation,
et quelle invention ! Les civilisés disent de
l'homme : c'est le roi des animaux. Or, dans
mon entendement, comme dans le tien, le privilége du roi est de s'asservir les facultés des
sujets ; je dirai plus : c'est sa fonction et son
devoir. C'est ainsi que l'homme a soumis à ses
besoins les facultés locomotives du cheval, de
l'âne, du chameau, de la renne ; les facultés
tractantes du bœuf ; c'est ainsi qu'il a habitué
ses organes à la digestion de ceux des animaux

156

dont la chair lui a paru renfermer des principes nutritifs. Il est des animaux que les civilisés n'ont pas encore pu ou plutôt su dompter, comme le lion et le crapaud. Je ne leur en fais pas un reproche. Le premier homme n'avait pas de chemin de fer, le dernier homme mangera peut-être des crapauds à la poulette. On possédera une manière quelconque d'utiliser cette force de la nature. Mais ce que je trouve inadmissible, c'est que l'homme ait réellement abdiqué sa supériorité ; que l'homme, cette suprême intelligence, cette admirable conception et cette puissante exécution, ait abdiqué sa royauté en faveur d'une brute. Le vrai roi de la création, c'est le chien. L'homme n'est rien devant le chien. Il n'est que son esclave. Le chien est le tyran de la civilisation ; il est pour son maître, — son maître, quelle dérision ! — une autorité de tous les instants ! Tout homme qui a un chien n'est plus lui, il est son chien. Et, en retour, quelle utilité l'homme retire-t-il du chien ? Aucune. Le chien est peut-être le moins intelligent de tous les animaux. Ceci peut paraître extraordinaire ; mais qui a jamais essayé d'élever un veau comme on élève un chien ? qui donc peut répondre que le veau n'aurait pas plus d'intelligence que le chien ? Je me suis d'abord pris à aimer les chiens ; mais je n'ai pas tardé à les haïr. Le chien, c'est la gourmandise incarnée, c'est le ventre fait animal marchant,

— un ventre qui aurait tous les organes de l'individu, et qui ne serait qu'un ventre. Les chiens ne sont pas susceptibles d'attachement : pour un morceau de viande, ils oublient toutes leurs affections. Rien de sacré pour eux : ils ont des saletés pour toutes les propretés et des mépris pour toutes les respectabilités. On cite un chien qui a eu de l'attachement pour son maître, le chien de Montargis. Mais on croit qu'il n'a jamais existé. Ajouterai-je que tout chien porte en lui le germe d'une affreuse maladie appelée la rage, maladie contre laquelle toute science est impuissante? Les civilisés n'ignorent rien de ce que je viens de te dire, ils connaissent les dangers et les inconvénients des chiens. Tout cela ne saurait les empêcher de se livrer à leur intention aux platitudes les plus révoltantes. Cette dame chez laquelle j'étais, par exemple, personne fort soignée du reste, m'avoua qu'il fallait, deux fois par an, changer ses meubles, que ses robes ne lui étaient jamais fraîches plus d'un quart d'heure, et mille agréments de cette nature. Ce n'est pas tout. Je m'en allais : en sortant du salon, je sentis sous mon pied une proéminence qui s'affaissait, je crus que c'était un peloton de laine, je voulus me baisser pour le prendre; je ramenai, ah ! je ne te dirai pas quoi. Maudits chiens ! La maîtresse de la maison me partit d'un éclat de rire au nez en voyant ma piteuse attitude. Je sortis plus confus que

158

colère, ou plus colère que confus , je ne sais trop. Ah! les chiens! les chiens! Voilà pourtant à quoi un honnête homme se trouve exposé. Ah! les chiens! les chiens! Je voudrais bien pouvoir ajouter : « Les femmes! les femmes! » Mais les hommes ont autant de faiblesse pour les chiens que pour les femmes. Ah! les chiens! les chiens! les civilisés! les civilisés! Heureux métier que celui de chien : rien à faire; rien que boire et manger. La femme domine l'homme; le chien domine la femme : ainsi va le monde.

Adieu ; dis à Ertellah que je brûle du désir de la revoir.

Prince Hennoneh.

XXVII

Mon cher frère,

J'ai assisté hier à un mariage. Tu sais comment nous autres nous traitons cet acte important de la vie. Les civilisés ont un instrument qu'ils appellent lunette, qui rapproche les objets si on regarde par le petit bout, et qui les éloigne si on regarde par le gros bout. Les civilisés regardent toujours à l'envers, c'est-à-dire par le gros bout. Faire de la vie une plaisanterie, tel est le but apparent de la civilisation. Aussi, du mariage ils font une simple cérémonie, et pourtant chez eux le mariage a un caractère irrévocable. Les civilisés ne se marient pas par amour,

160

ils se marient pour avoir une femme qui remette des boutons à leurs chemises, et pour trouver du feu en rentrant. Souvent ils ne se marient que pour entretenir leur maîtresse avec l'argent de leur femme. Les civilisés ont deux religions : la religion des sens et la religion de l'esprit. La religion des sens, c'est la loi ; son livre, c'est le fameux Code dont je t'ai déjà parlé. La religion de l'esprit, c'est le culte de Dieu. Les civilisés se marient donc d'abord devant la loi et ensuite devant Dieu. Le temple de la loi, c'est la mairie ; le temple de Dieu prend divers noms, car les civilisés ont différentes manières d'adorer Dieu. C'est toujours la même chose, sauf quelques cérémonicules qui diffèrent. Rien de plus comique qu'un mariage : tous les assistants ont l'air de songer à autre chose. Du reste, c'est encore un des caractères de la civilisation, dont un des lots est l'activité de l'existence portée à la plus haute puissance. Quand un civilisé fait quelque chose, il a toujours l'air de se demander : « Aurai-je bientôt fini ? » La mariée a l'air de plus penser à sa toilette qu'à son époux, et l'époux paraît se dire : « Ils sont bien longs ; et le rendez-vous de plaisir ou d'affaire qui m'attendait à midi ! »

Ce mariage m'avait fait faire de tristes réflexions : je songeais à Ertellah, dont une immensité me sépare, à Ertellah, que je ne reverrai peut-être plus, à Ertellah, que je n'épouserai

14.   161

peut-être jamais! Pour me distraire, je suis allé souper. Un souper est un dîner qui aurait lieu six heures après l'heure à laquelle on dîne ordinairement. Le souper a été mis à la mode par les actrices, qui ne peuvent pas manger avant de jouer, et par les gens qui ont des insomnies. C'est une très-élégante façon de passer la nuit la fourchette d'une main et le verre de l'autre; et ce serait une charmante chose s'il ne dégénérait le plus souvent en orgie. Ainsi fut-il du souper auquel j'assistais. On servit successivement beaucoup de plats auxquels personne ne toucha, et plusieurs bouteilles auxquelles il fut beaucoup touché.

Le vin! ah! nous ne connaissons pas le vin. Longtemps j'ai pensé que c'était un malheur; mes opinions ont bien changé là-dessus. J'ai beaucoup aimé le vin, je ne bois plus que de l'eau. Sans le vin, les hommes ne se seraient jamais fait la guerre. Et pourtant c'est une bien bonne chose! Mais le vin n'est vraiment bon que dans la solitude. Cette boisson a un effet très-remarquable, c'est de faire perdre la raison à ceux qui en absorbent une quantité qui varie suivant les forces du buveur; je dis les forces, je devrais dire les dispositions. L'action du vin porte essentiellement sur les nerfs. Rien de moins constant et de plus variable que le degré de tactibilité des nerfs. La température, comme aussi l'état moral du buveur, influent énormé-

162

ment sur la propension à l'ivresse. On a dit que le vin était un remède contre la douleur : c'est faux. Le vin produit une surexcitation qui ne fait que doubler l'acuité de la douleur. Toute grande douleur est une idée fixe : le vin ne fait qu'ajouter quelque chose encore, s'il est possible, à la fixité de l'idée. La douleur vraie emprunte de l'ivresse toute la violence d'une folie. Et cependant, dans leurs chagrins, les civilisés n'ont d'autre consolation que le vin ! Que ces gens-là me font pitié !

Avant de me rendre au souper, j'étais allé dans le monde, chez une grande dame qui m'avait fait l'honneur de m'inviter à venir chez elle en compagnie de plusieurs princes étrangers. J'arrivai vers neuf heures et demie. L'appartement crevait d'invités. Je fus obligé de rester dans la salle à manger, fort loin du foyer de la fête. Quand on n'a rien vu, quand on a eu les pieds écrasés, et qu'on a été presque littéralement étouffé, on s'est beaucoup amusé. « Soirée charmante ! dit-on, il y avait un monde fou ; j'ai été littéralement étouffé. » — Et chacun de demander à jouir d'un pareil plaisir, et la maîtresse de la maison de toujours augmenter le nombre de ses invitations, de peur que les habitués ne finissent par se lasser. Chez les civilisés, on entend de la musique partout : dans la rue, parce qu'il y a des gens qui spéculent sur l'ennui qu'ils causent aux autres, et qui vous

extirpent quelques sous sous le fallacieux prétexte de se taire; dans le lit, parce qu'il est rare
de ne pas avoir un voisin musicien; chez soi,
parce que toutes les femmes font de la musique;
au théâtre, parce qu'il faut souvent empêcher
les spectateurs d'entendre les paroles qui se
disent devant eux; eh bien! dans le monde, un
des plaisirs que l'on offre à ses hôtes, c'est la
musique. De la musique, et toujours de la musique. Pour huit francs, on pourrait commodé-
ment en aller entendre à l'Opéra; on préfère
avoir les pieds écrasés pour en entendre d'aussi
mauvaise. Il me semble qu'inviter les gens pour
leur faire entendre de la musique, c'est leur
dire : « Vous n'avez pas de quoi vous payer un
fauteuil dans un établissement vocal ou instru-
mental quelconque. » Les civilisés ne s'aperçoi-
vent pas de l'impolitesse qu'on leur fait. C'est
comme les gens qui vous invitent à manger des
truffes et à boire du champagne : c'est une insulte. Quand on reçoit des épiciers, c'est bien ;
quand on reçoit des gens qui par eux-mêmes
peuvent manger des truffes et boire du champagne, c'est un manque de savoir-vivre. Si j'a-
vais à recevoir mes amis, je leur donnerais de
la soupe aux choux, une omelette au lard, une
omelette à l'oignon, du petit salé, un haricot de
mouton, une oie farcie avec des marrons, des
haricots et des pommes de terre au vin, avec du
vin à douze; toutes choses simples qu'ils n'ont

pas l'habitude de manger, et dont la présence leur prouverait que je sais apprécier l'aristocratie de leurs habitudes. Mais ces civilisés ne savent rien faire ! Je reviens à ma soirée. Quand on a fait de la musique, on lit des vers ; j'aime encore mieux la musique que les vers. Et il me paraît que si on aime les vers, on les lit plus agréablement au coin du feu, un cigare à la bouche, que de toute autre façon, le cou emprisonné dans une cravate blanche, les bras torturés par un habit noir, et les pieds meurtris par ses voisins. L'aisance du corps est la moitié de l'aisance de l'esprit. On se bat bien avec une cuirasse, mais on ne travaille pas de tête avec une cuirasse. Un grand poëte, nommé Ludovico Ariosto, tout militaire qu'il était, faisait ses vers en robe de chambre !

De tout cela, il résulte, mon cher, que le monde est encore plus ennuyeux que la solitude. Il n'y a qu'une chose en ce monde : l'amour ; aussi, j'aime bien Ertellah.

Tout à toi.

Prince Hennoneh.

XXVIII

Mon cher frère,

Il est vraiment bien difficile, quelque bonne
volonté que l'on ait, de se tirer d'affaire dans
cet heureux pays de civilisation. L'autre jour
j'ai reçu la visite d'un entrepreneur de spectacle. Il est venu m'offrir cent francs par soirée
pour aller faire, sur son théâtre, de la musique
nationale. J'ai accepté, comme bien tu peux le
penser, quoique je n'aie jamais rien compris à la
musique, non plus chez nous qu'ici. Mais avec
de l'aplomb on peut tout ce qu'on veut. J'ai fait
choix de ce qui peut le plus ressembler au maï-
thouk, usité chez nous, — d'une marmite ; j'ai

mis sous mon paletot une paire de pincettes, et
je me suis transporté au théâtre où devait se
faire, avant la publique épreuve, la répétition
dans le huis clos de la famille. Il y avait là une
société de jeunes et charmantes femmes; plusieurs m'étaient connues pour les avoir rencon-
trées dans ces lieux de plaisir où le vice trompe
la police sous prétexte d'art. Ma marmite eut un
succès d'estime, on me pria de jouer quelque
chose. Je ne me fis pas prier, et commençai un
bruyant charivari comparable à celui que font
nos prêtres aux jours de Naëtch. D'abord ce fut
de l'étonnement, et puis ensuite de l'hilarité. Je
pris encore l'hilarité pour un succès, sous prétexte que je voulais faire de la musique comique. Sur ces entrefaites, le directeur arriva, et
me dit :

— Ce n'est pas ça du tout, ce n'est pas un
charivari que je vous ai demandé, c'est de la
musique; je n'aurais pas le droit de faire impunément une pareille insulte à l'art. Il me faut
un air de la *Favorite*.

— Qu'à cela ne tienne, repris-je.

Et je me mis derechef à taper sur ma marmite. — Tout le monde criait : « C'est bien
ça. » — Une voix demande alors la dernière
pensée de Weber; mon bras commençait à se fatiguer, je ne frappais plus que faiblement. Mon
auditoire était dans l'enthousiasme. — Le directeur lui-même paraissait entraîné.

167

— Très-bien! très-bien ! s'écria-t-il; pour nous autres artistes, voilà bien une splendide exécution, la nature qui chante elle-même ses sublimes concerts. Car qui pourrait nier, messieurs, qu'avant d'être écrite sur le papier par Hérold, Rossini, Weber, Mozart, Meyerbeer, la musique ne soit là-haut écrite de tout temps dans les célestes harmonies? Mais ce que nous savons, nous autres initiés de l'art, le public, ce stupide public qui vous siffle si souvent, ne le sait pas. Au lieu de voir dans l'exécution du noble prince la révélation tout entière de la musique innée, il n'y verrait qu'une insolente raillerie. Il ne dirait pas : « C'est trop beau, » il dirait : « J'en ferais bien autant, on s'est moqué de moi. » Il faut traiter le public avec mépris. — Voici donc ce que j'ai pensé : Nous aurons pour décor le salon du troisième acte des *Tracasseries par équivoque;* le prince prendra un violon, il aura soin de n'y pas toucher, mais de paraître seulement promener son archet sur les cordes. Pendant ce temps, un vrai violon de l'orchestre jouera des airs connus. Cette exhibition n'aura rien de curieux; mais la recette sera faite. Monsieur le chef d'orchestre, voulez-vous venir enseigner au prince comment on tient un violon.

J'eus d'abord la pensée de faire quelques objections; mais je me dis qu'après tout il serait aussi facile de jouer du violon que de la marmite, et que, au moment de me montrer en pu-

168

blic, il serait toujours temps de ne tenir aucun compte des prescriptions du directeur. On m'apprit à tenir le violon, on me recommanda de ne pas toucher les cordes de l'instrument, et lorsqu'il fut reconnu que j'étais assez fort sur la mimique, il fut convenu que, conformément à l'affiche, je jouerais le soir. C'était à neuf heures que je devais paraître, à sept heures j'étais au théâtre. Le directeur me fit des compliments ironiques sur mon exactitude. Je m'étais orné de toute l'élégance dont j'étais susceptible : tenue sévère, mais distinguée; escarpins vernis, pantalon noir, gilet blanc, cravate blanche, habit noir, gants blancs. J'attendais mon tour avec cette impatience du coursier qui voit l'espace devant lui et qui se sent retenu. Vers huit heures, un garçon de théâtre vint m'inviter à monter dans ma loge. Je crus que c'était une loge que l'administration m'offrait dans la salle. Je remerciai.

— Mais, monsieur, ajouta le garçon, c'est pour vous habiller.

Quoique je me sentisse parfaitement habillé, je le suivis. Il m'introduisit dans un espace fort étroit qui ressemblait plutôt à une gaîne qu'à toute autre chose. Sur deux chaises on voyait un costume très-étriqué en drap bleu clair, et un chapeau orné de plumes vertes.

— Qu'est-ce que ceci? demandai-je.

— Votre costume.

— Mais je suis habillé.

— Oh ! monsieur, un habit noir, cela n'a pas de couleur locale.

A cet instant, le régisseur parut dans le couloir.

— Mais, monsieur, m'écriai-je, je ne mettrai jamais cela !

— C'est un costume hongrois ; nous n'avons rien de plus sauvage dans les magasins.

— Je ne le mettrai pas.

— Adressez-vous au directeur.

Les directeurs sont toujours invisibles pour cause de créanciers. Il me fallut franchir une demi-douzaine de portes et autant de garçons de bureau. J'arrivai enfin à la cachette de mon homme.

— Comment, lui dis-je, vous voulez me faire mettre un costume hongrois !

— Est-il hongrois, d'abord ?

— On le dit.

— C'est un costume de fantaisie, le public y est habitué ; si vous ne le mettez pas, vous vous privez d'un élément de succès.

— J'aime mieux mettre le vrai costume de mon pays.

— En avez-vous un ?

— Toujours.

Et je commençai à me déshabiller.

— Assez, reprit le directeur, la police ne le

permettrait pas ; mais quel succès je manque !
Allez donc vous habiller !

— Pas en hongrois !

— C'est le costume de tous les étrangers de
distinction qui viennent à Paris.

— Jamais !

— Trois mille cent francs d'amende, maximum de ma recette, si vous me faites manquer
un spectacle !

J'allai m'habiller, mais en jurant de me ven-
ger. Du reste, le costume hongrois m'allait fort
bien. En entrant en scène, mon noble et gracieux extérieur obtint un succès d'enthousiasme. Mille yeux de femmes braquaient sur
moi, à travers les deux mille verres de cinq
cents lorgnettes, des regards à allumer de l'a-
madou ; et chacune de me jeter ce qu'elle avait
à la main, mouchoirs, fleurs, bonbons, pâte de
Regnauld, et autres condiments pour le cœur et
l'estomac. Je ne saluai pas, j'envoyai des baisers, et cette conduite toute française porta
l'enthousiasme à sa plus haute puissance. Cent
trois femmes me jetèrent leurs cartes.

Le silence se rétablit un peu. Le succès avait
usé mon ressentiment. Je n'en voulais plus au
directeur, je résolus d'exécuter nos conventions.
Je fis la pantomime du violon ; pendant ce temps,
le violon de l'orchestre préludait. Mais voici
qu'un peu ému moi-même, je touche une corde,

171

elle vibre une atroce discordance. Je n'osai pas
ne pas continuer. Et me voilà faisant ma partie
avec le violon de l'orchestre : lui, jouant avec
effort des airs connus ; moi, avec aisance, allant
à tort et à travers, raclant à droite, à gauche,
au milieu, sans le moindre sentiment et sans le
moindre souci de ce que je faisais. Nous faisions
beaucoup de bruit : on crut que seul je faisais
tout ce bruit. Et comme on n'avait jamais entendu un seul violon en faire autant, et qu'en
fait de musique le public ne connaît que le
bruit, j'obtins un de ces succès qui font époque
dans les annales d'un théâtre. Je remontai tout
joyeux dans ma loge ; tandis que je me désha-
billais, on vint me dire que le directeur me priait
de passer chez lui. Il était dans son cabinet, se
promenant à grands pas.

— Vous n'avez pas fait ce dont nous étions
convenus, dit-il.

— Avez-vous le droit de vous en plaindre ?

— Non ; mais je vous rends votre liberté.

— Après ce succès ?

— Précisément. Mademoiselle *** est jalouse ;
et, comme elle a des amis très-riches qui me prê-
tent de l'argent, je ne veux pas la mécontenter.

Je sortis navré. Voilà donc, mon cher frère, à
quoi sert le succès ! On donnerait sa vie pour
arriver au succès ! et voilà ce que c'est qu'un
succès !

172

Ah! la civilisation! la civilisation!

Ma seule consolation est d'aimer Ertellah et de penser qu'Ertellah m'aime.

Tout à toi.

Prince HENNONEH.

XXIX

Mon cher frère,

Parmi les cartes qui m'avaient été jetées, une attira plus particulièrement mon attention : elle était plus explicite que les autres. Pour le lendemain, elle me donnait rendez-vous au bois de Boulogne. Le bois de Boulogne était autrefois une vaste forêt qui s'étendait d'un côté de Paris ; aujourd'hui ce n'est plus qu'un bois. Il est de bon ton de s'y aller promener à cheval ou en voiture tous les jours, de trois heures à quatre heures et demie du soir. On est sûr d'y rencontrer la meilleure et la plus mauvaise société de Paris. L'aristocratie et la haute pègre. L'été, on y a très-chaud, beaucoup de poussière et pas le moindre ombrage; l'hiver, on y grelotte. Tous ces inconvénients ne sont que des détails. La mode veut qu'on aille au bois de Boulogne; on y va. L'affluence des équipages y est telle, qu'on n'y peut circuler qu'au pas, et que souvent les voitures y sont accrochées; c'est l'affaire des carrossiers, et ce sont eux, je crois, qui s'entendent pour augmenter, s'il se peut, à la fois, les attraits et les désagréments de ce lieu de réunion. N'étant pas de ceux qui possèdent chevaux et voiture, je n'étais jamais allé au Bois; je ne fus par fâché de prendre prétexte de mon rendez-vous pour louer une calèche et aller faire ma part dans ce concert de la fashion parisienne. J'y vis effectivement beaucoup de voitures, des femmes qui dormaient dans leurs voitures, d'autres qui se faisaient voir, d'autres qui causaient avec leurs amants, d'autres enfin qui se promenaient à pied et paraissaient désirer qu'on les invitât à dîner; et puis, des hommes en blouse qui se précipitaient au milieu de la trombe des équipages pour ramasser le crottin de cheval. Je ne m'expliquais pas cet empressement, car le fumier n'est pas une chose si rare qu'il vaille la peine de se faire tuer pour en ramasser une poignée. Je demandai à quelqu'un ce que cela signifiait, et on me répondit que ces gens-là ramassaient le crottin pour le compte d'une fabrique qui en fait de petits dis-

175

ques plats, que des hommes, déguisés en Orientaux, vendent le soir par les rues sous le nom de pastilles du sérail. On en met une sur des charbons ardents; et les gens qui sont enrhumés du cerveau se persuadent que cela sent bon. Voilà ce que j'ai remarqué de plus caractéristique au bois de Boulogne.

En revenant du Bois, il me fallut prendre les Champs-Elysées. Figure-toi une large et magnifique avenue bordée de palais, d'arbres séculaires, et, ce qui vaut mieux, de candélabres en bronze. Je ne connais rien de féerique comme les Champs-Elysées, vers quatre heures et demie, au mois de janvier, quand il ne reste plus au ciel que le feu rouge du soleil couchant; qu'il y a des vapeurs dans les arbres, et que tout du long de la royale avenue les candélabres sont allumés, et que les voitures tourbillonnent dans cet océan de clair-obscur et de jets de lumière. Les civilisés ont beau vanter leurs fêtes, il n'est rien qui vaille le panorama du grand air et de l'animation; il n'est pas jusqu'au sergent de ville, dont le costume rappelle la loi protectrice de la sécurité publique, qui ne soit à sa place dans ce Pandémonium de tous les luxes et de toutes les misères; luxes en vrai et luxes en doublé, misères dorées et misères en haillons! Je voudrais avoir des heures à perdre pour aller tous les jours en haut des Champs-Elysées, voir la montée et la descente des élégances parisiennes.

Au bout de cette avenue, en revenant vers le centre de la ville, est une place jadis ornée de dorures, aujourd'hui encore ornée de fontaines et d'une colonne. Les civilisés ont une singulière manie. Dès qu'ils ont fait une place un peu aérée, ils éprouvent le besoin de la rétrécir. Pour cela faire, ils dressent au milieu un bloc de pierre, qu'ils appellent une colonne. Je n'ai jamais compris l'utilité de cette chose. Au dire des civilisés, c'est un ornement. La colonne n'a que des inconvénients négatifs. Passons. La fontaine a de réels et positifs inconvénients ; naturellement, elle donne de l'eau, et, par cela même, elle éclabousse les passants : ce qui est peu logique, car les civilisés ont de l'eau une telle horreur, qu'ils sont toujours munis d'un instrument que je t'ai déjà décrit et qui a nom parapluie. Les fontaines n'ont pas d'utilité, car l'eau qu'elles donnent n'est pas buvable : et serait-elle buvable, qu'il ne serait pas permis d'y puiser Cependant, un voisinage aussi désagréable devrait au moins être excusé par une utilité pratique.

Il ne faut pas que j'oublie de te raconter un bonheur qui m'est arrivé. Tu sais que chez les civilisés la vie c'est une matière qu'on appelle l'argent, et que le but de la société est de vivre en s'amusant. Certains civilisés semblent avoir parfaitement réalisé ce problème. En dehors de quelques femmes, dont la conduite amusante et

177

lucrative choque les idées généralement reçues et généralement portées, certains hommes ont trouvé le moyen de vivre en s'amusant : on les appelle des joueurs. On se met à une table, on prend des morceaux de carton, appelés cartes, sur lesquels il y a certains signes connus, et suivant que les cartes sortent de telle ou telle façon, conformément à certaines règles arrêtées à l'avance, c'est Pierre ou Paul qui gagne. Le jeu n'a pas de bornes. Il n'a d'attrait que le gain. Les hommes qui jouent ne se connaissent pas : le frère n'épargne pas son frère, le père n'épargne pas son fils ; on a perdu, il faut payer. Par une bizarrerie qui convient à des civilisés, les dettes de jeu sont sacrées, à l'encontre des autres dettes, qu'il est toujours gentil de ne pas payer : et cependant, quelles dettes devraient être moins sacrées que les dettes qui ne représentent ni un service rendu, ni un plaisir reçu ? Autrefois, il y avait sous la surveillance de la police des maisons où l'on jouait publiquement, où l'on pouvait perdre son argent, mais sans crainte d'être volé. Aujourd'hui, ces maisons n'existent plus. Le jeu est même sévèrement réprimé. Cependant, comme il y a toujours des gens qui veulent gagner vite, et d'autres qui se font un plaisir de les voler (car il est très-facile de voler au jeu), il y a toujours aussi des gens qui donnent à jouer ; mais, en raison des sévérités de la loi, ce ne sont que des gens tarés, dont

178

le nom seul est une garantie d'immoralité. Il n'y a pas de jeu aujourd'hui sans femmes légères, et les dames s'efforcent de regagner aux amateurs ce que ne leur a pas pris la délicatesse des grecs (c'est ainsi qu'on appelle ceux qui volent au jeu). De toutes façons, l'on perd dans les maisons de jeu : si l'on n'est pas volé par ces messieurs, on est dévalisé par ces dames. Et pourtant l'autre soir j'ai gagné ; j'ai gagné trois mille francs. J'en étais presque honteux. Cependant, comme j'avais grand besoin d'argent, je me suis décidé à les prendre. Mais on m'a engagé à ne jamais retourner dans cette maison, parce que ce premier gain n'était qu'un moyen de m'allécher. J'y ferai attention. Mais, mon cher frère, les serments et les promesses, qu'est-ce que tout cela, quand on a au cœur une passion, quelle qu'elle soit ? On promet beaucoup, ici comme chez nous, mais on tient peu, toujours comme chez nous. Ici, comme chez nous, il y a pourtant des gens qui prétendent fort honorable de tenir ses promesses. Mais souvent ce n'est pas la bonne volonté, c'est la mémoire qui manque.

Adieu, cher frère, embrasse Ertellah pour moi : l'absence n'a pas diminué mon amour pour elle.

Tout à toi.

Prince HENNONEH.

173

XXX

Mon cher frère,

Je suis resté quelque temps tranquille, grâce
aux trois mille francs que j'avais gagnés. J'ai
même vécu fort agréablement, si cela se peut
appeler vivre agréablement que de vivre selon
la civilisation et ses étroitesses. J'ai fait tout ce
qu'il faut faire pour s'amuser : je t'ai déjà dit
quels étaient ces amusements; il en est cependant que je n'ai pu te faire connaître, car je ne
les ai connus que récemment. Les civilisés les
trouvent si exquis, qu'ils les réservent aux
grandes et solennelles circonstances et n'en
font part qu'aux initiés de la civilisation. Au

180

nombre de ces divertissements, le plus extraordinaire et en même temps le plus national, car
il est toujours offert au public par le Trésor public, c'est un jeu qui consiste à grimper le long
d'un bâton huilé et savonné de telle sorte qu'il
est impossible de prendre, le long de ses glisse-
ments, le moindre point d'appui. Ne te semble-
t-il pas qu'il y a tout un enseignement philosophique sur le caractère de la civilisation dans
cette circonstance d'un travail impossible donné
comme jeu et comme divertissement? La civilisation a vraiment une supériorité d'audace sur
notre sauvagerie. Et, de fait, ce ne doit être que
par l'étude de ses propres facultés que l'homme
peut arriver à l'appréciation de l'infinité de sa
double puissance.

Comme tu le dois comprendre, je me livrai,
avec une certaine réserve, à cet exercice ascen-
seur ; le plaisir du mât de cocagne, — c'est
ainsi que la chose s'appelle, — n'étant goûté par
moi que comme sacration philosophique des
tendances et du but de la civilisation : une impossibilité par l'impossible. Il en fut de même
de tous les autres amusements qui me furent
offerts par le gouvernement dans les fêtes publiques. Des balançoires et escarpolettes, invention médicale à l'usage des vieillards que
l'on n'ose pas faire expectorer par l'émétique
ou l'ipécacuanha, et dont on a fait un divertissement ; — des fauteuils macadamisés mais non

encore roulés, dans lesquels on peut étudier la spécificité du poids de son corps, par rapport à l'air, à l'eau et autres quantités premières ; — des bossoirs systématiquement calculés de façon à démontrer à chacun la pesanteur de son poing, car c'est encore une des manies du civilisé de vouloir toujours connaître le degré de sa faible puissance.

Quoique peu coûteux, les plaisirs que je viens de t'énumérer ont droit de cité dans les plus élégants quartiers. Je ne tardai pas à me fatiguer de toutes ces distractions ; du reste, ma bourse diminuait rapidement en raison de la vivacité de ma consommation, et je voyais revenir en frémissant le moment où j'allais me trouver dans des impossibilités aussi étroites que celles auxquelles j'avais miraculeusement échappé. Or, mon frère, toi qui ne sais pas ce que c'est que la civilisation, tu ne te peux pas figurer combien il est triste de se dire : « J'ai encore de quoi déjeuner demain matin, mais je n'ai pas de quoi dîner. » Un jour que je lui faisais part de mes inquiétudes sur l'avenir, Charles, un de mes amis dont je t'ai déjà parlé, m'engagea à concourir pour une chaire de chinois, vacante à la Bibliothèque nationale. Je répondis que je ne savais pas un mot de chinois. —La Chine est une contrée lointaine que les civilisés ne connaissent pas plus que l'enfer et le paradis. — Charles rit beaucoup de mon ob-

servation, et, avec ce cynisme qui est l'assaison-
nement obligé de la conversation du civilisé intelligent, il me démontra que, le chinois n'exis-
tant pas, je n'avais qu'à vouloir pour en savoir
plus que mes examinateurs, et que j'aurais sur
mes concurrents cet avantage immense que ma
condition de sauvage m'avait préventivement
préparé à l'émission des notes désordonnées et
des sons bizarres. Ces raisonnements m'ébran-
lèrent, et je me décidai à me mettre sur les
rangs, alléché que j'étais surtout par cette pensée que le Trésor public m'ouvrirait, en raison
de ma science, un crédit de huit mille francs
payables par douzième. Je sais bien que huit
mille francs ne suffisent pas dans ce beau pays
de civilisation pour mener avec agrément une
annuelle existence; mais Charles me fit observer que, si la carrière de professeur chinois me
convenait, je pourrais concourir pour diverses
chaires, telles que la philosophie, la théologie,
la littérature latine, etc., toujours rétribuées à
huit mille francs l'une, et par an, et pour lesquelles il était toujours inutile de savoir autre chose que brailler. Cette perspective me
sourit assez; je me décidai donc à concourir.
Je me présentai au secrétariat, où se devaient
faire inscrire les candidats. On me demanda
un extrait de naissance ou un extrait de baptême. Je fis observer au salarié du gouvernement que pour parler chinois il n'était pas né-

185

cessaire d'être baptisé, et je lui exposai ma situation exceptionnelle. Aussitôt il se leva, m'invita à m'asseoir et m'approcha un crachoir, — le crachoir est le meuble indispensable de tout lieu où l'on cause science; — puis il me fit signer plusieurs pancartes, au moyen desquelles, m'assura-t-il, je pourrais obtenir de l'homme le plus instruit de France, du ministre de l'instruction publique, des dispenses relatives à mon extrait de baptême et à mon extrait de naissance. Au jour dit, à l'heure dite, je me présentai dans le lieu affecté au concours sinologique; c'était une vaste salle éclairée par de larges fenêtres sur lesquelles venait jouer le soleil reflété par des stores en coutil gris. Il faisait un temps de printemps, de ces premières chaleurs qui poussent au sommeil. Au fond de la salle, sur un échafaud, trois hommes ronflaient. Quoique ornés de toute espèce de robes et de rabats, ces messieurs me faisaient l'effet de singes oubliés dans un déménagement de cabinet d'histoire naturelle. On me dit que c'étaient les sinologues experts chargés de discerner entre les sinologues aspirants. Leur sommeil ne paraissait pas tranquille; cela me parut tenir au bruit que faisait au-dessous d'eux un monsieur qui parlait avec une grand volubilité : c'était le candidat qui faisait valoir ses titres. Pour auditoire, il y avait deux huissiers, dont l'un, complétement

impotent, restait parce qu'il lui était impossible
de s'en aller avant qu'on vînt le chercher. L'autre veillait parce qu'il avait le bénéfice d'une
subvention extraordinaire de vingt-cinq centimes au détriment du candidat. Aussi avait-il
traîtreusement le matin engagé à concourir
deux perruquiers sans place qu'il avait rencontrés chez le marchand de vin. J'eus à essuyer
les sons gutturaux de ces deux messieurs, après
quoi ce fut à mon tour de monter en chaire.
Par un habile début, emprunté à un prédicateur
célèbre, je commençai par endormir mes trois
juges ; après quoi, pour me faire valoir aux
yeux de mes concurrents et des huissiers, je
fis ce que Charles m'avait conseillé pour remplir
mes juges d'admiration. Il y a dans la langue
française un morceau très-célèbre qu'on appelle
le récit de Théramène, Charles me conseilla
d'apprendre à réciter le récit de Théramène à
l'envers, en disant que je l'empruntais à une
traduction chinoise. Ainsi, au lieu de dire :

Le flot qui l'apporta recule épouvanté.

je devais dire :

Étnavuopé elucer atroppa'l iuq tolf eL.

Et tout suivant la même méthode. A peine
eus-je dit quelques vers assez bas pour ne pas

16.   185

réveiller mes juges, que mes concurrents eux-mêmes ne se purent empêcher d'applaudir. Les juges se réveillèrent, et l'un d'eux, en voyant qu'il était près de midi, heure à laquelle il allait régler sa montre au canon que le soleil fait partir dans le jardin du Palais-Royal, s'empressa de murmurer quelque chose à l'oreille de ses collègues. Ceux-ci agitèrent la tête en signe d'assentiment et me firent dire que j'avais assez parlé. Le temps de remplir les blancs d'un procès-verbal tout fait, et je fus proclamé professeur de sinologie. J'étais en verve; je voulus répondre quelques mots en chinois. L'un des juges se leva et me répondit en français qu'il comprenait bien ce que je voulais dire, mais qu'au nom de ses collègues il s'abstenait de me répondre, parce que, la langue parlée étant un patois qui nécessitait la pratique, il ne connaissait que la langue écrite.

Et c'est ainsi que me voilà investi d'une chaire de chinois, avec un traitement très-présentable.

Adieu, cher frère, et Ertellah? Ah! dis-lui bien que je l'aime et que je l'aimerai toujours.

Prince HENNONEH.

XXXI

Mon cher frère,

Mes succès sinologiques m'ont ouvert les yeux
sur bien des choses que je ne comprenais pas
dans la civilisation. Il est des gens que l'on appelle avocats et qui doivent toujours avoir une
réponse prête à 1,700,000 questions qu'on leur
peut adresser. Je suis persuadé que la plupart
des avocats sont comme moi, n'en savent pas
plus long et ont recours au même système : de
l'audace, comme le disait un civilisé farouche
et célèbre, de l'audace, de l'audace, et encore
de l'audace : voilà le moyen de réussir. L'audace
n'est même pas une condition, c'est une néces-

487

sité. J'étais en train de marcher, comme on dit, je ne m'arrêtai pas en si beau chemin. D'après les conseils de Charles, je publiai un programme de mon cours, et j'annonçai que j'entretiendrais mes auditeurs de la littérature chinoise considérée dans ses rapports avec l'ossianisme. — L'ossianisme est un mot macabre et abracadabrant qui permet tout et n'engage à rien. — Ce que m'avait promis Charles ne tarda pas à se réaliser. Le jour de l'ouverture de mon cours, il n'y avait absolument personne que l'huissier, lequel avait pris la précaution de se munir d'un livre fort amusant : *Voyage autour de mon jardin*. L'abstention du public me fit comprendre mes devoirs. J'annonçai qu'un mal de gorge très-violent, suite des fatigues de ma première leçon, me forçait d'interrompre mon cours, et je ne reparus plus à l'établissement que les jours de paye. Tous les autres professeurs faisaient comme moi, à l'exception de deux ou trois obèses qui avaient ordre du médecin de parler beaucoup afin de se faire maigrir.

Depuis quelque temps déjà, je goûtais les charmes monnayés de ma récente position, lorsqu'on m'annonça une nouvelle qui me remplit de terreur. La renommée avait porté mon nom aux quatre coins du monde connu, et un mandarin, — c'est ainsi qu'on appelle les lettrés chinois, — arrivait de Peking, — capitale présumée de l'empire chinois, — tout exprès pour m'entendre. J'eus un instant la pensée de me mettre au lit pour éviter toute entrevue, mais mes amis m'engagèrent à accepter franchement la lutte. A peine le mandarin fut-il arrivé à Paris, que je lui fis demander un public entretien. Il fit répondre, par son interprète, qu'aussitôt reposé des fatigues du voyage, il se mettrait tout à ma disposition. Ce défaut d'empressement commença à me rassurer. Quelques heures après, l'interprète du mandarin vint, au nom de son patron, m'inviter à dîner. Un dîner est une chose que je n'ai jamais refusée. Je me rendis chez mon hôte avec la hâte d'un estomac toujours affamé. Je trouvai le mandarin en costume chinois, — tout empapilloté de bizarres bariolures, — ainsi que s'habillent les Chinois, au dire des voyageurs. Moi, j'étais vêtu en simple civilisé, et ce ne fut pas sans un sentiment d'intime contentement que je comparai au ridicule attirail de mon rival l'habit noir convenablement étriqué, le pantalon justement collant, et les autres étroitesses dont j'étais revêtu. Ce furent entre nous des saluts qui, je puis le dire, allaient jusqu'à terre. Moi, je saluai en civilisé, et je me sentais fier d'avoir lu le livre du bon ton, en présence de cet entêté sauvage qui ne savait que se prosterner sans grâce ni mesure. Nous nous regardions tous les deux avec une mutuelle attention, mais sans nous adresser un mot. Cependant il nous fallait nécessaire-

189

ment converser : l'interprète était entre nous,
Nous n'avions pas encore eu le temps de com-
biner nos compliments, lorsque l'on vint annoncer que le dîner était servi. Au lieu de prendre
ce qu'ils veulent manger avec les doigts, les civilisés, pour ne pas se salir les mains, — ce qui
est une singulière propreté, — les civilisés, dis-
je, ont des crochets en métal pour porter les
mets à leur bouche. Je remarquai tout d'abord
que ces crochets avaient été remplacés par de
petites bûches : de pareils ustensiles servent,
dit-on, en Chine, au transport des mets entre l'as-
siette et la bouche. Le mandarin regarda l'effet
que produirait sur moi la vue des bûches. Je ne
sourcillai pas; un homme qui a mangé avec
ses doigts peut bien manger avec une bûche.
Diverses malpropretés, prétendues conserves
chinoises, me furent présentées; j'en mangeai
résolûment, en homme qui est heureux de se retrouver en pays de connaissance. Le mandarin
parut visiblement contrarié. Enfin il murmura
quelques mots à l'oreille de son interprète :
— Quel dialecte parlez-vous ? me demanda
celui-ci.
Comme je n'en connaissais aucun, je répondis : Tous, afin de ne pas me tromper.
Le mandarin tressaillit.
— La langue parlée ou la langue écrite? ajouta
l'interprète.
Si j'avais su celle que ne parlait pas le man-

190

darin, je l'aurais choisie ; toujours de peur de me tromper, je répondis : Toutes les deux.

Aucune parole ne fut échangée pendant le reste du dîner ; seulement je remarquai que le mandarin mangeait avec une sorte d'appétit désespéré. Je commençai à croire qu'il ne savait pas plus le chinois que moi, et que mon aplomb lui faisait peur. Je résolus de le forcer à se découvrir.

— Eh bien ! dis-je à l'interprète, est-ce que votre patron est muet ?

Et en même temps je prononçai à l'adresse du mandarin un phrase qui n'était d'aucune langue, mais qui pouvait passer pour être chinoise.

Il parut visiblement troublé.

Son trouble accrut mon audace, et je lui tins tout un discours, auquel il ne répondit rien.

Je triomphai.

— Monsieur, dis-je à l'interprète, est-ce une mystification ?

Le mandarin et l'interprète paraissaient également consternés.

Et moi j'avais l'air d'un juge en présence de coupables.

Je jouais le rôle de la vérité devant l'imposture. Ah ! s'ils avaient su ! L'interprète se décida enfin à ouvrir la bouche.

— Monsieur, dit-il, nous avons mille excuses à vous faire ; mais nous n'avons pas eu un moment la prétention de vous tromper ; tout ce que nous cherchons, c'est à gagner quelque argent en exploitant, comme tant d'autres, les badauderies du public. Je suis un ancien sergent-major de la garde impériale, je fus fait prisonnier en Russie. On m'envoya en Sibérie. Mes compagnons furent successivement mis en liberté. Mon tour arriva ; je préférai rester : ma patrie, c'est là où, avec le moins de travail, je puis le plus boire et le plus manger. Jeune, en France, j'avais travaillé dans une fabrique de chandelles ; en Sibérie, je me fis pâtissier. Lui, ajouta-t-il en me montrant le prétendu mandarin, — fut ramené par une caravane qui l'avait trouvé assis sur la grande muraille. Il est muet, ayant eu la langue coupée, autant que nous avons pu le comprendre, par un mari jaloux. J'eus l'idée d'exploiter sa mutilation en faisant passer pour le langage chinois les sons informes qu'il poussait. Nous avons successivement gagné quelque argent à Vienne, à Berlin, à la Haye, et nous venons chercher à Paris la consécration de toutes les gloires, de tous les mérites et de toutes les blagues. Voilà notre histoire ; vous pouvez nous perdre.

— C'est bien mal ce que vous faites là, répondis-je comme un homme qui lui-même n'eût eu rien à se reprocher.

— Ce serait peut-être moins mal si nous partagions les bénéfices.

192

Cette parole m'alla droit au cœur. Je n'avais rien à refuser à un homme qui faisait les choses aussi noblement, et je lui délivrai, sans le moindre scrupule, un certificat d'authenticité.

C'est ce que, chez les civilisés, on appelle faire des affaires. Tu pourras trouver cette manière d'agir peu honnête, mais elle est reçue et généralement bien portée.

Adieu, cher frère, dis à Ertellah que je l'aime toujours, et que je souffre cruellement d'être separé d'elle.

Tout à toi,

Prince HENNONEH.

XXXII

Mon cher frère,

Toutes ces choses étaient trop belles pour durer. La civilisation est une balançoire qui ne vous laisse point longtemps en l'air. Plus la civilisation est avancée, plus les positions sont remuantes, changeantes et agitées. La perfection de la civilisation sera un état de choses où chacun aura à peine le temps de s'asseoir avant de changer de place. Je jouissais tranquillement de mes paisibles et lucratives fonctions, m'en acquittant comme mes collègues, c'est-à-dire en raison directe du mépris que le public professe pour notre inutilité, lorsqu'il passa par la

194

tête de je ne sais quel grand personnage de l'Institut de publier un livre sur la langue *mala-tienne*, qui est à peu près celle que nous parlons. Il m'envoya son ouvrage, et je ne tardai pas à m'apercevoir qu'il ignorait la langue *malatienne*, tout aussi complétement que je pouvais moi-même ignorer la sinologie. Quel mal y avait-il à cela? aucun. J'étais dans une position ana-logue, j'aurais dû garder le silence. Mais, poussé par des jeunes gens imprudents qui avaient en haine la chose académique, je cédai à la vanité de prouver que j'avais plus de science qu'un membre de l'Institut. Ce n'est pas que j'eusse envie d'être membre de l'Institut, — c'est une place qui ne rapporte rien et qui impose l'obligation, dans les circonstances solennelles, quand chacun met ses plus beaux habits, de se vêtir en kakatoës, une espèce d'oiseau fort disgracieuse et fort déplaisante aux yeux. Je fis un livre dans lequel je prouvais que le membre de l'Institut était un ignorant. Il me répondit et me traita de sot ani-mal. Comme il avait une haute position, ornée de plusieurs décorations, et que moi j'étais peu connu, les rieurs se mirent de son côté. Les rieurs entraînèrent l'opinion publique. Or, les civilisés font le plus grand cas de l'opinion pu-blique, la plus sotte chose qu'il y ait au monde, car l'opinion publique est l'opinion de la majo-rité, et ce sont nécessairement les sots qui font la majorité; car si les hommes d'intelligence formaient la majorité, ce serait la bêtise qui serait une distinction. Je fus traité d'intrigant, et je viens de perdre ma place.

Tout cela n'est pas gai, mon cher frère. Cependant je n'ai pas voulu me laisser abattre, et j'ai cherché à me tirer de là. Les positions brillantes ne m'ayant pas réussi, et sachant que je n'avais en moi-même rien de ce qu'il fallait pour les dignement remplir, je résolus de me borner à une humble et modeste position. Quelques personnes qui m'avaient connu m'offrirent de me faire recevoir cocher dans une administration de voitures publiques ; je me présentai muni de plusieurs lettres de recommandation, mais il fallait connaître par leur porte les quarante mille maisons qui ornent Paris, et je ne les connaissais pas. Je me présentai à l'administration des pompes funèbres, les voitures de cette administration étant comme les moutons de Panurge et se suivant les unes les autres ; mais il fallait savoir conduire, et je n'avais jamais conduit de chevaux. D'ailleurs l'uniforme ne m'allait pas. De là, je courus me présenter dans une maison de commerce pour un modeste emploi de huit cents francs par an, ce qui ne procure pas tout à fait la nourriture de chaque jour ; mais il fallait faire un an de surnumérariat et connaître la tenue des livres. J'allai successivement chez un notaire et chez un avoué, nulle part mon écriture ne fut trouvée assez lisible. On m'offrit bien une place de domestique dans une maison, mais je ne connaissais pas le service de la table. J'allai dans un journal offrir mes services comme garçon de bureau, on me demanda si je savais préparer l'absinthe. Je répondis que j'apprendrais. On me dit que la vie était courte, surtout la vie des journaux, et qu'on n'avait pas le temps d'attendre.

Je ne me décourageai pas.

Je me dis que dans une humble position il fallait savoir beaucoup pour gagner peu, mais que probablement pour gagner beaucoup dans une haute position il fallait ne rien savoir. Quoi de plus contraire à une humble position qu'une haute position ? Quoi de plus contraire à la science que l'ignorance ? Mon raisonnement était parfaitement logique. Tout content de l'avoir trouvé, je passai subitement de mes modestes désirs à de gigantesques appétitions. J'achetai une demi-rame de papier vélin et je me mis à une table. J'écrivis, pendant quatre heures durant, de fort belles choses, je t'assure, et telles que je ne me serais pas cru capable de les écrire. Puis, je m'arrêtai à ce titre qui avait le mérite de ne pas engager beaucoup : *De l'architecture nationale dans ses rapports avec les lois économiques.* Armé de mon manuscrit, je me présentai comme rédacteur dans le même journal où j'avais été refusé comme garçon de bureau. J'étais bien aise de donner un témoi-

cacheter les lettres qui auraient pu arrriver ou partir. Et il y a des fous qui trouvent que la civilisation est une belle chose! Ah! ceux-là n'ont jamais eu ni faim ni soif! Et je ne pouvais me cacher que j'avais faim et soif !

Il me fallait prendre un parti. J'ai lu dans un journal qu'une expédition se préparait pour nos parages. J'ai assez vu la civilisation. Je m'en vais ; je retourne en Victorie. Je reverrai Ertellah, mon Ertellah que j'aime et dont je ne veux plus me séparer. Ertellah, oh ! comme ton souvenir fait battre mon cœur ! je t'aime, enfant, je t'aime toujours, nous ne nous quitterons plus !

A bientôt, mon cher frère ! A bientôt, mon Ertellah !

Prince HENNONEH.

FIN.

TABLE

Paris. — Imp. Simon Raçon et Cⁱᵉ, rue d'Erfurth, 1.

www.ingramcontent.com/pod-product-compliance
Lightning Source LLC
Chambersburg PA
CBHW051829020726
47502CB00005B/1704